NOUS AURONS DE L'OR

JEAN-ÉRIC BOULIN

NOUS AURONS DE L'OR

roman

ÉDITIONS DU SEUIL
25, bd Romain-Rolland, Paris XIVe

« L'auteur a bénéficié, pour la rédaction de cet ouvrage
du soutien du Centre National du Livre »

ISBN : 978-2-02-115404-7

www.seuil.com

À Jean-Marc R.
À ceux qui se reconnaîtront

1

Il n'était pas revenu au Bourget depuis l'attentat qui a tué Yassine. Il a fait le long voyage depuis la Caroline du Nord. Alors que la mort lui a beaucoup repris, il s'étonne de sa sérénité. Ses mains ne tremblent pas, son cœur ne tient pas dans sa poitrine à l'aide d'une planche pourrie. Il a quitté il y a deux jours Hannah, embrassé sa fille, qu'il a laissée, roulée comme une amulette dans les draps, là-bas à Charlotte. Il les a serrées longuement, parce que le feu est maintenant partout dans le pays, sur les talons de chacun. *The US is burning*, titrait le *New York Times*, le jour de son départ.

Il redécouvre la langue française. Elle s'est réveillée dans sa bouche comme une princesse endormie. Il se laisse regagner, repeupler par elle. Dans le taxi conduit par un vieux Chinois, alors que l'autoradio crachait des chansons d'amour, il a redécouvert l'urbanisme de la banlieue française dans le bleu du matin, ses lumières comme des âmes en peine, ses enseignes noyées. Le retour au bled, après toutes ces années, il y est. Maintenant, il le sait, l'angoisse stationnée aux confins de son être pourrait se réveiller, entamer sa mobilisation. Mais il se sent de taille à la contenir. Il s'est aguerri là-bas. Il a ce truc de se penser en personnage de roman et de se doter, chaque fois que nécessaire, d'une invincibilité de papier. Il a débarqué hier matin du vol New York-Paris, avec un bagage léger, pour faire ses adieux aux vivants et aux lieux, occuper le passé. Son corps l'a porté jusqu'au grand amour, la naissance d'une fille et ce merveilleux jour de victoire. À ces aunes, le passé n'est plus un assassin tenu en respect par la largeur d'un océan et les années, mais un musée de glace où il peut, dix ans plus tard, se rendre le cœur presque neutre.

Le Bourget, la ville natale. Ses rues grises et serpentines, ses bustes rouillés de grands hommes, l'architecture vaguement alsacienne de son hôtel de ville. Chaque rue est à la place où sa mémoire l'a laissée. Le glauque, cette robe des villes pauvres de banlieue, est, lui aussi, inchangé. Le Bourget, comme Drancy, comme Sevran-Beaudottes, comme Tremblay-en-France, est une étendue rase, sur laquelle a été saupoudrée une charpie de sandwicheries grecques, de bars-PMU, de boucheries, de taxiphones, qui luisent avec des lumières de peep-shows. Il y a dix ans, le désespoir y proliférait comme le lierre, couvrait les façades des maisons, les panneaux d'affichage, les abribus, les visages. Certaines heures de la nuit, les blancs dimanches d'hiver, étaient insupportables.

« Le Bourget ressemble à un tableau de Jérôme Bosch », disait Yassine. Un jour, il s'était arrêté devant une résidence pour seniors qui venait d'être livrée par Bouygues. La grue, ornée du logo de l'entreprise, véritable pieu planté dans le cœur du Bourget pendant près de deux ans – ils avaient à cette époque seize ans –, avait disparu. Mais le bâtiment était d'une laideur stupéfiante. « Que peut-on faire contre ça ? » s'était-il écrié. Et l'éclat de ses grandes mains nerveuses était passé vif dans ses cheveux.

Mais tout est différent aujourd'hui. Au lieu du glauque, une joie indescriptible danse dans les rues du Bourget. Il ne les reconnaît plus. Il marche à contre-courant d'une foule très dense, endimanchée et métisse, qui converge vers la gare RER. Les voiles font des tabliers de pierre aux femmes musulmanes. Les Blancs se mélangent aux Arabes, aux Roumains, aux Pakistanais. Il doit se frayer un chemin. Le Bourget ressemble à la Rome antique, lorsque les empereurs qui avaient triomphé revenaient de campagne.

Il décrit un trajet de mémoire. Il s'arrête devant les lieux du Bourget où il a créance de souvenirs, forçant la foule, grosse derrière lui, à le contourner. La piscine municipale en forme de fleur qui, l'été arrivé, ouvrait ses pétales de béton. Le lycée général et professionnel Henri-Barbusse, où Yassine et lui s'étaient rencontrés. Leur kebab préféré, près de la gare, sauce samouraï pour Yassine, sauce blanche pour lui. Chaque fois, il n'est traversé d'aucune émotion particulière, d'aucune sensation. Il a l'impression de se remplir d'une matière légère, comme du coton, doucement anesthésiante. Ce qui a longtemps été n'est plus, voilà tout.

Il longe l'étal d'un bazar bengali. Les flacons de shampoings contrefaits y sont couchés comme des conques. La boucherie chevaline de son enfance a disparu, ainsi que le magasin, à l'angle de la rue Rigaud, où sa mère lui avait acheté ses premières chaussures. La propriétaire de la bonneterie près de la poste, une Bretonne aux jambes croustillantes de varices, est morte depuis longtemps. Il repasse devant le petit ensemble d'immeubles Maurice-Thorez, habité autrefois par des retraités de la SNCF, qui jouxte le square aux boulistes. C'est dans cet immeuble que Yassine s'était dépucelé un soir de 14 Juillet, avec une Française venue passer l'été chez ses grands-parents. Il s'en souvient comme d'une grande fille rousse, avec des jambes sans chevilles et un nez planté comme un couteau.

Les lieux le regardent autant qu'il les regarde. Ils l'ont vu, l'enfant qui tenait ses parents par la main, devenir cet adolescent rentré, orphelin d'une bande avec laquelle il aurait cassé des vitres. Il passait du temps dans les livres, ce qui lui suffisait. La vie en dehors n'en avait pas le merveilleux. Puis il avait vu les enfants grandir en même temps que lui, les jeunes garçons qui rejoignaient les jeunes filles, amenant en lui le début d'un désarroi. Il avait l'impression d'être toujours derrière eux – les couples, les bandes – et de ne pas avoir de corps. Il lui manquait un allié, lequel ne pouvait être de ce monde. Jusqu'au jour où il rencontra Yassine, qui avait lui aussi grandi dans la merveilleuse prison des livres. Alors, les murs du Bourget ne les virent plus que toujours ensemble.

Il s'arrête devant le Balto, à l'angle de la rue des Déportés et de l'avenue Jean-Jaurès, près de la principale entrée de la gare du RER. Le bar est signalé par son enseigne verte PMU, sa carotte rouge de bureau de tabac. Il met ses mains en visière au-dessus de ses yeux et regarde au travers des vitres, sombres comme une fumerie d'opium. Des hommes seuls sont accoudés au

13

comptoir, avec leur visage à peine éclairé, le reste de leur corps étant plongé dans le noir. Il entre. Avec sa peau blanche, ses traits sculptés, le barman ressemble à une figurine d'ivoire flottant au-dessus des clients. Un Kabyle, le fils de l'ancien patron probablement. Les tables sont en formica marron. Un berger allemand, à l'abdomen creusé, passe entre les chaises de paille en se cognant la queue. Le plat du jour est écrit à la craie sur une ardoise, des œufs durs sont disposés sur le comptoir en zinc et *Le Parisien*, relié par une baguette de bois, est accroché près du portemanteau. Les récépissés des courses hippiques forment des petits tas aux pieds des clients. Cet art français du glauque, Yassine l'avait célébré dans l'une de ses toiles les plus connues, inspirée du *Nighthawks* d'Edward Hopper, les jeunes Arabes en survêtement remplaçant les types en borsalino.

Un homme noir est accoudé devant un ballon de vin blanc. Sa tête, rejetée un temps dans l'obscurité, est entrée dans le cercle de lumière dessiné par les lampes du bar. Ses yeux flottent au milieu d'un visage à la peau fraisée. L'homme est nerveux, regarde dans toutes les directions, sa nuque changeant sans arrêt d'axe, comme s'il voulait échapper à lui-même, ou à cette sueur qui lui dégouline du visage. Il le reconnaît. C'est Amara

Diop, un gars de son âge, qui vient de Drancy. Ils étaient ensemble au collège Henri-Barbusse jusqu'en cinquième. À la fin de l'année, Diop avait été réorienté vers un BEP chaudronnerie malgré ses protestations. Diop avait même pris la parole lors du conseil de classe, auquel il assistait en tant que délégué des élèves. Il avait dit qu'il voulait être architecte, dessiner des maisons, créer des îles artificielles. Ça l'avait touché, pourtant Diop et lui ne s'étaient jamais parlé. Diop était toujours au fond de la classe, sauf en cours de dessin, alors que lui était au premier rang, au plus près des professeurs.

L'école avait convoqué les parents de Diop pour leur annoncer la décision. Des Maliens bambara, dont les boubous, lorsqu'ils avaient traversé la cour d'école, avaient bruissé comme des armures. Ils avaient dû écouter sans broncher les arguments des professeurs puis signer les documents du transfert de leur fils en BEP. Pas rancuniers pour un sou, ils étaient venus avec des grands plats de mafé à la tombola du collège. Dans la gare de triage postcoloniale française, Amara Diop était monté dans le mauvais train.

Les mains de Diop, à la tranche rose, sont maintenant posées à plat devant lui. Il porte sur la tête un bonnet à carreaux. Il mâche des mots incompréhensibles en fixant le poste de télévision, placé au-dessus du

15

comptoir, près d'une écharpe d'une équipe de football de banlieue. Sur l'écran défilent les images d'une liesse sans pareille, partout en France. « Comme à la Libération », vient de déclarer un vieux monsieur en cravate. Lui aussi regarde ces images de foules qui se hâtent, à Marseille, à Nancy, au Havre, à Saint-Denis bien sûr. Il n'en croit pas ses yeux. Il est face à un événement pur, à l'Histoire, qu'il comprend comme la mise en fierté de tous.

Il se surprend à sourire, à sentir des larmes venir au bord des yeux. Un regard se pose sur lui. Diop, qui le montre du doigt. Il a entrouvert ses lèvres, comme s'il allait parler. Un souvenir lui est revenu à la surface des années. Celui de cet enfant blanc, de ce Céfranc des pavillons qui traînait à Barbusse avec ce Rebeu chelou. Un bon élève, qui chaque matin arrivait au collège les cheveux mouillés parce que sa mère lui avait aplati les épis sur sa tête avec de l'eau. Un enfant maigre qui allait plus tard, à la surprise générale, doubler de volume et devenir ce boxeur fameux, qui marquerait les esprits une nuit d'été.

Diop bégaye. Il bute sur son nom, ne le retrouve pas. Il a tout ce vin blanc déjà dans le corps. Il se remet à fixer l'écran de télévision. Le visage d'une femme y est apparu, un visage rond, merveilleux, avec une courte

16

frange de cheveux noirs. Elle porte un col Claudine blanc. Un sourire illumine ses traits, jusqu'à l'expression de ses yeux. « Meziane, Meziane », dit Diop dans un râle. Il sourit, il applaudit. « On a gagné, on a gagné. » Et ses mains semblent aussi lourdes que des haches.

Les coups. L'électricité dans les corps, qui passe de l'un à l'autre, destructrice. L'incessante torsion de l'abdomen, les cuisses qui dansent, le corps qui se gaine pour protéger la tête. Le menton, qu'il faut suivre. Son menton à lui s'était fait très vite. Combien de fois l'adversaire avait cru le toucher en frappant fort à cet endroit, mais il fallait frapper encore plus fort, jusqu'à faire gicler le protège-dents de sa bouche pour qu'il tombe.

Il aimait tomber, s'écrouler durement, sentir les organes de son corps s'abattre au sol comme des fruits et le monde qui s'écroulait en même temps. Il aimait sentir son cerveau tressaillir dans sa boîte crânienne, sa vue se fissurer, deviner l'adversaire au-dessus de lui à l'air brassé par ses poings. Puis il aimait se relever, voir le monde qui s'était reconstruit en moins de dix secondes, s'agripper aux côtes de l'adversaire. Il n'était alors plus qu'instinct, désentravé comme un animal. Il boxait et rêvait en même temps.

Il aimait tout de la boxe. Une vieille amie qu'il n'avait

17

plus quittée depuis qu'il avait poussé les portes de la salle de La Courneuve. Il avait quinze ans, c'était l'année où il avait rencontré Yassine. Il était le seul Blanc du club. Les inscrits étaient pour la plupart des gars de cité du 93, du ghetto, marqués au fer des humiliations, pour lesquels la boxe allait de soi. Il avait essuyé des regards de travers, des quolibets. Il était un Français, un gars des pavillons, un bolos, à la peau blanche et délicate. Il s'était accroché. Il pensait à sa mère, son visage fragile comme de la vaisselle. Il avait mélangé sa sueur à celle de tous ces types. Il avait appris à se battre, à faire de son corps une arme. Sa rage propre, plus enfouie, moins sociale, faisait irruption lorsqu'il était sur le ring. Il avait une droite très lourde pour un poids welter, un jeu de jambes explosif, ce qui lui avait évité d'être trop marqué. Son nez avait cassé une seule fois. Petit à petit, il était devenu la coqueluche du club, pour sa boxe stylée comme de l'escrime, parce qu'il était gosbeau aussi. On l'appelait le Français, et le mot dans les bouches était teinté de prestige.

Avant d'arriver au Bourget, il était passé devant la salle de boxe de La Courneuve. Il avait jeté un coup d'œil par la vitre. Tout était comme sous une cloche de verre, les trois rings, la dizaine de sacs, les cordes à sauter sur le sol, les casques empilés. Les mêmes instruments avec lesquels son corps était devenu une pointe, avant de s'émousser. Il s'était rappelé le cérémonial de la mise des gants, l'entrée sur un ring en peignoir, comme s'il allait prendre un bain, les consignes de Costa, l'entraîneur du club. La douche, le crin des serviettes, le corps criblé, les odeurs de sueur et d'aisselles, entêtantes. Tous ces efforts, pendant des années, pour arriver une nuit miraculeuse, à Moscou, au plus haut point de puissance.

Il était entré. Les cordes du ring étaient d'une couleur différente. Des agrès avaient été ajoutés. Personne ne lui avait demandé quoi que ce soit. Il était à sa démarche, à la forme de son nez, à ses oreilles, l'un des leurs. Il avait regardé boxer deux poids coqs, un Arabe et un Blanc, le second était un sparring-partner, le premier préparait un combat. Les coups faisaient contre les casques des bruits de balles. La même débauche de virilité et de souffrance. Le Blanc avait du vice mais l'Arabe plus de puissance. Personne ne l'avait reconnu. Il avait longé le couloir qui menait aux vestiaires, et dans lequel étaient affichés les visages des champions du club. Son visage d'ashkénaze était sur une affiche du club, tout en haut, avec sa médaille autour du cou. L'affiche était barrée du mot FIERTÉ en lettres énormes.

19

Il n'avait croisé personne, était sorti de la salle comme il était rentré. Il avait marché les cinq cents mètres le long de la nationale, jusqu'au centre du Bourget. Quelques têtes s'étaient bien retournées à son passage.

Il est maintenant devant la petite cité couleur saumon posée en majesté sur son monticule d'herbe, au bout de la rue du Docteur-Cauvin. Il sourit aux lieux. Le jardin d'enfants est encore là, avec ses deux toboggans, sa balançoire, la paroi à escalade. Un petit se balance à toute allure sur le cheval d'arçons monté sur ressorts, la bouche ouverte comme un quart de pastèque. L'air est chargé de musique arabe. C'est ici que tout a commencé, à la cité Pierre-Brossolette. Elle est restée la même, avec ses quatre tours crasseuses à l'assaut du ciel. Les fenêtres sont chargées de paraboles, des paupières blanches qui fixent l'horizon. À de nombreux balcons, des portraits de Meziane ont été suspendus. Les mêmes jeunes circulent entre les tours avec leurs corps explosifs, les jambes arquées par la pratique du football et de la boxe. Les plus petits font des tours sur des mini-motos, gros comme des frelons au bout de la rue. Le square est réservé aux mères de famille, leur poupée de chair et d'os dans les bras. Il y a dans l'air la même excitation que dans les minutes qui précédaient la rupture du jeûne pendant le ramadan, lorsque les dattes collaient dans les poches.

Il s'assoit en bordure du square, sur le banc des caïds. Yassine et lui ne pouvaient s'y asseoir que les soirs de matches de foot, lorsqu'il était vide et que les durs étaient devant la télé. Les enfants ont arrêté de jouer dans le bac à sable. Ils ont posé pelles et seaux et tournent vers lui des têtes de héron. Les mères ont des yeux agrandis par la surprise. Il leur sourit. Peu à peu, les enfants reprennent leur babil.

Yassine et lui étaient toujours aux aguets, dormaient les yeux ouverts. À l'époque, les déclarations de guerre pleuvaient. Les gars de Drancy pouvaient débarquer en Polo ou à pied, par le pont de pierre reliant les deux villes, à n'importe quel moment. Les bagarres éclataient aussitôt. Elles commençaient à la nuit tombée devant la gare du RER avant de se poursuivre par grappes dans les contre-allées le long des rails. Des corps à corps dans les buissons noirs de suie, sous la lumière des lampadaires, que Yassine et lui regardaient à distance. « On dirait des tableaux de Bacon », avait commenté Yassine.

Un jour, ils avaient été pris dans une bagarre. Il avait donné ses premiers coups, seul contre deux gars. Le premier lui avait envoyé un méchant coup de balayette, avant que le second ne lui éclate l'arcade. Mais il avait tenu, il avait touché. Yassine était, lui, par terre depuis longtemps. Ils se rappellent le retour dans les rues qui dansaient, le sang chaud sur leurs visages.

Leur époque connaissait un autre péril, bien plus grand, mortel même. À quelques arrêts sur la ligne B du RER, dans son écrin de monuments, de dîners fins et de coups de menton, une flamme de mort dansait. Elle frappait les banlieues de plein fouet, puis irradiait le reste du pays avec une force décroissante, avant d'arriver exsangue à Marseille. C'était Paris. À l'époque, Paris avait pour maîtres des élites blanches et bourgeoises, en place depuis des siècles, et qui, alors que la France changeait sous leurs pieds, avaient combattu avec la dernière férocité tout ce qui n'était pas elles. Les jeunes étaient trop jeunes, les musulmans trop musulmans, les Arabes et les Noirs trop arabes et trop noirs. La lutte avait été implacable tout au long de cette Grande Dépression française commencée dans les années 1980. Ces élites avaient tissé une toile de discriminations partout sur le territoire, utilisant tous les pouvoirs comme des marteaux pour empêcher ce nouveau pays de naître. Mais elles avaient échoué. La victoire de Rachida Meziane marquait leur fin. La dictature républicaine était tombée et chaque enfant du square de la cité Brossolette pourrait enfin devenir ce qu'il est.

Le premier jour de son arrivée, il n'avait pas reconnu Paris. Depuis son hôtel porte de la Chapelle, il avait marché jusqu'à la porte d'Orléans, pratiquant une coupe transversale de la ville comme s'il s'agissait d'un organe. Il avait traversé la Seine pour entrer rive gauche. Dans son souvenir, ces quartiers de miradors dorés, de boutiques de luxe et de passants léchés comme des caniches dégageaient une odeur de pourri. Le pont des Arts marquait l'entrée dans une métaphore, celle d'un pays entier en proie à l'exténuement.

Pas cette fois. La joie flottait au-dessus du quartier de Saint-Germain-des-Prés. Une odeur de pain au chocolat avait empli ses narines au lieu de la puanteur attendue. Les bourgeois chevelus ne formaient plus la majorité des foules qu'il avait vues jadis à Odéon. La terrasse du Flore, que Yassine voulait jadis incendier, débordait de Rebeus agités de grands rires. Il avait croisé de nombreuses femmes noires, habillées en tailleur, marchant d'un air sévère, alors que devant le Lutetia la blondeur d'un éboueur lui avait fouillé les yeux comme une épée.

Il n'était pas au bout de ses surprises. En plein milieu du boulevard Raspail, une policière réglait la circulation, un hijab sous son képi. Il avait ensuite parcouru les couvertures des magazines sur la devanture d'un kiosque à journaux. Les unes déshonorantes sur l'islam sans-gêne, les pauvres tire-au-flanc, le racisme anti-Blancs avaient disparu. Il avait demandé *Le Point* au vendeur, qui lui avait répondu que le magazine avait fait faillite il y a deux ans. Son directeur, malgré son âge canonique, venait d'être enfermé dans un asile de fous. Il n'en croyait pas ses oreilles. Il avait ensuite parcouru le dernier numéro de *Paris-Match*. Pas le moindre sujet sur le dernier fils-de, la famille nombreuse d'un baron de l'UMP ou la énième courtisane à sucer la bite du pouvoir. Pas de couverture sur Johnny Hallyday, comme celle, du temps où il était en France, où l'on avait vu l'idole des jeunes devenue momie intubée sur ce lit d'hôpital de Saint-Barth' déclarer : « Je reviendrai. » Non, ça aussi avait disparu. À son hôtel, il avait écouté la radio, et là encore, pas la moindre saillie beauf. À croire que les professionnels du déclin, les maîtres en islamophobie, les pyromanes de la haine sociale avaient plié bagage. Les journaux télévisés consacraient leur ouverture au triomphe de la génération Meziane bien sûr, mais aussi aux extraordinaires changements en cours dans le monde, tels que le combat de la Horde d'or en Amérique et l'avènement de la démocratie au Qatar. Il avait envie de lire les livres qui se publiaient, de voir les films qui sortaient. Il n'avait pas été une seule fois étreint par cette honte d'être un homme qu'il ressentait quotidiennement avant son départ pour New York. Le changement avait touché jusqu'aux visages des jeunes femmes, lesquels ne portaient plus ces griffes que l'exténuement français, si physique, laissait alors autour de leurs yeux.

Un grand type se dirige vers lui, l'air mauvais. Peut-être le prend-il pour un gars chelou avec ses cheveux collés et la sueur qui lui dégouline du front. Il sent son torse qui se recule, la force qui s'accumule dans les cuisses. Il est prêt à cogner s'il le faut. Le type oblique au dernier moment, avec sa démarche de dur, arquée. Coup de pression classique. Les gars des ghettos français n'auront plus bientôt à marcher ainsi. Ils pourront bondir comme des ballerines s'ils le souhaitent.

Un grand portrait de Meziane a été graffé sur la tranche de la tour B, à partir de la fameuse photo qui a fait le tour du monde, celle où on la voit rire devant sa permanence à Saint-Étienne, avec, dans les yeux, une belle malice. Une vieille femme est plantée devant l'entrée de la tour. Elle regarde le ciel de son visage cuit par l'âge, les lèvres remuées de phrases sacramentelles. Puis un jeune homme en smoking la prend par le bras et l'emmène avec une infinie douceur. Les musulmanes pratiquantes ont mis leur plus beau hijab, les autres des robes à fleurs, des gilets de couleur. Il peut sentir d'ici leur parfum, l'odeur de leur vernis à ongles, la fraîcheur de leurs aisselles. Formant des petits groupes au pied des bâtiments de la cité, elles attendent les hommes pour partir. Les enfants sont autour d'elles, nombreux. Ils courent à travers la cité, jusqu'à l'entrée de la rue du Docteur-Cauvin qui marque le début de la zone pavillonnaire. Une gamine, avec une couronne de fleurs dans les cheveux, dévore un collier de bonbons de ses petites dents pointues. Un Asiatique décharge des sacs Carrefour Garonor du coffre de sa voiture, de la hâte dans les gestes. Personne ne veut rater la fête, le serment de Rachida Meziane, nouvelle présidente de la République française. Personne. Les rames de RER et de métro en direction de Saint-Denis ont été triplées. Devant la basilique de Saint-Denis, la foule est déjà colossale alors que la cérémonie n'est prévue que pour huit heures ce soir. Les trains sont complets depuis des semaines. L'armée a été mobilisée pour assurer des navettes entre Paris et la province. Des milliers de cars sont montés la veille de tout le pays, créant des embouteillages en pleine nuit. À la télévision, on voyait les gens danser sur les bandes d'arrêt d'urgence, s'asperger d'eau, embuant les caméras, et leurs sourires faisaient comme des petites lunes dans l'obscurité. La joie au pouvoir, déclarait un jeune Toulousain, filmé à trois heures du matin au péage de Marly-le-Roi.

Son retour d'exil ne pouvait être plus doux.

Les grandes amitiés sont des amours sans fin. Celle avec Yassine avait commencé précisément sur le banc où il vient de s'asseoir. Après s'être reniflés, ils avaient décidé de faire la route ensemble, au sortir de l'adolescence. S'il ferme les yeux, il peut retrouver l'atmosphère de ces années-là, le timbre de la voix de Yassine. « Hey, Du Guesclin, Du Guesclin », hurlait-il, lorsqu'il venait à sa rencontre depuis la rue du Docteur-Cauvin en faisant des grands signes. Puis il avançait, en se livrant à quelques exercices de shadow boxing. Lui n'avait jamais éprouvé de joie aussi pure que lorsqu'il rencontrait Yassine. Ils se faisaient un rapide check des mains, balayaient leur visage du regard pour y détecter une ombre, se mettaient à marcher. Tantôt Bouvard et Pécuchet, tantôt Laurel et Hardy, ils n'avaient fait qu'une bouchée de la coupure cité / pavillon, Rebeu / Blanc, qui à l'époque rejetait les uns loin des autres. Leur amitié était un pays.

Ils avançaient vers le nord, pendant des heures, jusqu'aux pistes d'atterrissage de Roissy. Chaque année, lorsque se tenait le Salon de l'aéronautique du Bourget, ils regardaient décoller les MIG-29 et les Mirage au-dessus de leurs têtes. Un jour de grande marche, ils étaient arrivés devant des champs de pommes de terre, sans une ville à l'horizon, c'était la Picardie, la frontière nord de leur royaume. La ligne B du RER était la rivière qui passait au milieu de leur carte du Tendre, sous les jambes de pierre des ponts, et qu'un jour ils suivraient vers le sud. Tous deux avaient désiré Paris, très tôt, dans les romans de Balzac, de Zola, de Hemingway, d'Aragon, qu'ils empruntaient à la bibliothèque municipale du Bourget. Ils lui avaient donné les couleurs des tableaux de Courbet, de Toulouse-Lautrec, des impressionnistes. Ils avaient rêvé de racler leurs gueules contre ses murs, d'attraper la syphilis. Le vieillard de Baudelaire empoignant ses outils, le Paris communard, le Paris impressionniste, le Paris existentialiste étaient les leurs avant même qu'ils n'aient vu leur premier pavé. Au bout de la ligne B du RER, une forêt enchantée d'idées, de femmes et d'artistes fulgurants les attendait.

Un jour, ils avaient donc marché jusque dans Paris. Ils s'étaient délectés de cette géographie qui changeait à vue d'œil. Porte de Pantin, le glacis banlieusard d'entrepôts tagués, de boulangeries arabes et d'autobus vert bouteille avait laissé place à de grandes avenues. Ils avaient longé, bizarrement émus, le canal de l'Ourcq puis le canal Saint-Martin jusqu'au cœur de la ville, où ils croyaient que tout se passait.

Mais rien ne s'était passé. Le Paris qu'ils avaient

découvert était un cœur triste. Ils n'y trouvèrent pas la queue d'une idée ou le début d'un personnage. L'époque était maussade. Les livres, qu'ils avaient essayé de lire dans les librairies de Paris, cherchant du nouveau, étaient illisibles. Il se rappelle l'air catastrophé de Yassine lorsqu'il avait commencé à lire, assis par terre à la FNAC des Halles, le dernier ouvrage de Philippe Sollers. Ses mains tremblaient lorsqu'il l'avait rejoint. Il avait murmuré entre ses lèvres blanches : « Putain mais c'est trop mort. » Très vite, ils ne purent plus marcher dans Paris sans éprouver un accablement. Sartre et Camus n'étaient plus les gentils fantômes de Montparnasse mais des spectres qui leur sautaient à la gorge. Ce qui avait été était mort et Paris puait le cadavre. Le pire, c'est que personne ne semblait s'en rendre compte. Ils n'en revenaient pas. Le mensonge était trop énorme. Quant aux femmes, ils avaient très vite renoncé à leur plaire. Elles paraissaient à vendre et eux avaient les poches vides.

Mais ils ne pouvaient s'empêcher de revenir dans Paris et de se faire hara-kiri. Leur déception était en proportion de leur attente, vaguement sublime. Ils traînaient dans les arrondissements du centre, propices à leurs rêveries datées. Place de l'Hôtel-de-Ville, ils fermaient les yeux et rêvaient de femmes en ombrelles, de tableaux révolutionnaires. Puis ils les rouvraient et le réel infect – les Françaises rêches comme des matons, les couvertures du *Point*, l'odeur de merde s'échappant des couloirs de la ligne 14 – leur fracassait la tête. Ils se souriaient. C'était bon. Ils entraient au Flore et demandaient aux serveurs où étaient les philosophes. On leur montrait des vieillards avec des lunettes de publicitaires. Ils disaient merci, se lamentaient sous cape.

Yassine était attiré comme un aimant par les expositions et les musées. Ils rejoignaient alors les files d'attente de provinciaux habillés en randonneurs, de touristes chinois, de lecteurs de *Télérama*. Yassine se collait au plus près des tableaux, des installations, comme pour les lécher. Il prenait des notes dans des carnets de moleskine, avec un sens aigu de la pose. Il le revoit avec son anorak de skieur de l'ex-RDA et ses pantalons en velours slim à Beaubourg, annotant « fiévreusement ». Mais jamais il n'avait douté de l'immense artiste que Yassine deviendrait.

Un jour, ils avaient vu une exposition intitulée *Lumières du continent noir* à l'Hôtel de Ville. Les photographies montraient des Africains devant des montagnes de pneus, des musulmanes timides, des escouades d'enfants dans des rues jonchées d'ordures. Les photographes, dont les biographies étaient en bas des photos, étaient tous des Blancs européens. Et là, Yassine avait eu comme un déclic, comme s'il avait rencontré la moitié qui lui manquait. Il avait caressé une photo montrant des jeunes Maliennes en train de se baigner nues dans un cours d'eau, s'attirant les réprimandes d'un Antillais en imper de la mairie de Paris. Il s'était arrêté de noter quoi que ce soit à partir de ce moment-là. Il avait trouvé sa veine, l'angle et l'attaque. Pour lui, la même chose lui était arrivée avec la boxe. À l'entraînement, il avait un jour trouvé un enchaînement qui deviendrait sa signature. Un crochet du gauche qu'il ratait à dessein pour faire baisser la garde de l'adversaire et passer une droite. Ils avaient fini la soirée dans un grec de la rue Saint-Denis. Entre des rasades d'Oasis cassis, Yassine lui avait dit qu'il était temps de faire quelque chose de leur vie, de passer à l'action. Il apercevait un combat à mener au cœur de ce Paris rongé par les vers.

Il revoit encore dans le RER B la bouche de Yassine phosphorescente de graisse, son visage aigu baignant dans la lumière basse du wagon. Il se tenait silencieux comme un conspirateur. Il ne l'avait jamais vu aussi tranquille. À ses côtés, un jeune écoutait du raï en mode haut-parleur sur son téléphone.

31

C'est à cette même époque que la boxe devint sérieuse pour lui. Il était doué. Selon son entraîneur, il avait ses chances aux championnats de France amateurs. Il était arrivé en demi-finale d'un tournoi entre clubs du 93, alors qu'il n'avait qu'un an de pratique. Il avait perdu aux poings contre un adversaire beaucoup plus lourd. Il avait de la technique, de la vitesse. Il se rendait tous les soirs en courant à l'entraînement en écoutant les Smiths et Arcade Fire sur son MP3. Ses poings laissaient des marques de plus en plus profondes dans le sac de cuir. Il accumulait de la puissance avec la répétition des gestes, bâtissait un arsenal à l'intérieur de son corps. Il aimait sentir en lui cette sève qui semblait ne pas contenir son tarissement.

Il était devenu un réel espoir du club de La Courneuve. Sa mère avait eu peur au début. Elle ne voulait pas qu'il boxe, jusqu'au jour où Costa avait débarqué à la maison pour lui expliquer le potentiel de son fils. Ça l'avait rendue fière. Son père, lui, n'avait rien dit. Après les entraînements, il traînait avec Yassine ou faisait comme lui. Il se gavait de livres, de documentaires sur YouTube, lisait les journaux. Yassine lui avait trouvé un nouveau surnom, Arthur Cravan, il avait cherché sur Wikipédia pour savoir qui c'était.

Les émeutes de banlieue de 2005 furent une divine surprise. Un de ces cadeaux de l'histoire qui apportent une soudaine intelligibilité. En novembre 2005, dans le 93 puis partout ailleurs, le canon du revolver s'était retourné et la France avait eu le visage noir de poudre. Un peuple tout en nerfs avait surgi. Des villes entières avaient brûlé pendant un mois. Au Bourget, les flammes avaient dévoré l'entrepôt H & M, la piscine municipale en forme de fleur et l'une des deux écoles primaires. Partout les rues sentaient le feu. Les banlieues brûlaient et pourraient brûler encore pendant des siècles. Le 93 était un nouveau pays, réenchanté par la violence, que tous les deux parcoururent pendant vingt jours de grande vacance.

Ces émeutes marquèrent l'irruption d'une esthétique radicale dans l'art de Yassine. Le Bourget était devenu une peinture de Jérôme Bosch, avec un nouveau panorama qui s'ouvrait à l'entendement. À Grigny, cachés derrière des bennes à ordures, ils avaient vu des gars de La Grande Borne piller une usine de fabrication d'équipements de voitures. Les gars étaient sortis de l'usine en feu en légion romaine, avec des portières noires et rouges en guise de boucliers au-dessus de leurs têtes. Les CRS disposés sur le rond-point à l'entrée de la zone industrielle avaient alors reculé sous la pluie de projectiles, face à un ennemi qui avait les couleurs de l'enfer. Yassine devait plus tard immortaliser cette scène dans sa grande fresque intitulée *La Lutte pour le paradis*, pièce majeure de son exposition *Aux victimes de bavures, la patrie reconnaissante*. Le tableau est aujourd'hui au MoMA, à New York, dans la salle des maîtres européens contemporains. Il est allé le voir avant d'embarquer pour Paris. Et encore une fois, il en avait eu le souffle coupé. Puis il s'était dit que jamais ce tableau, si extraordinaire soit-il, ne rendrait l'entêtante odeur de plastique brûlé qu'il y avait ces jours-là partout en France.

2

Il se lève du banc. Il dit au revoir à la cité Brossolette, en en bénissant chaque atome. Il passe devant l'épicerie, située à côté de l'école, dont le propriétaire à l'époque était l'oncle de Yassine, Kader. Il se rappelle le stand de bonbons, les mandarines brillantes comme des diamants, la petite radio à antenne posée au-dessus des paquets de cigarettes. Kader, moustachu, vêtu de sa blouse bleue, n'est plus là. Il est mort d'une crise cardiaque lorsqu'ils faisaient leurs études. Il se rappelle quelques larmes et son enterrement au bled. Une femme d'origine asiatique est derrière la caisse enregistreuse. Elle bâille à s'en décrocher la mâchoire. La radio vient d'annoncer que les présidents des États-Unis, de l'Allemagne, de l'Algérie, de la Chine et du Sénégal sont arrivés à Saint-Denis. Il traverse la portion de rue jusqu'à l'angle formé avec celle du Docteur-Cauvin, le début de la zone pavillonnaire.

À l'époque, il était ce qu'on appelle un Gaulois, un Céfranc, un jambon beurre, un gaoli, au choix Ses ancêtres étaient nés en France il y a plus de deux générations. Il parlait comme son père, avec le vieil accent parisien, à la fois pointu et campagnard, qui s'est depuis perdu. Il appartenait à une sous-catégorie banlieusarde, le Blanc des pavillons. Il n'était ni arabe, ni noir, ni musulman, avec une très vague origine juive par son père. Dépositaire d'aucune expérience particulière, victime d'aucune discrimination, son identité était diaphane, s'inscrivait en pointillé.

Yassine l'appelait Du Guesclin parce qu'il s'était un temps cherché une identité dans les livres d'histoire. Il avait lu des auteurs comme Taine, Renan, les mémoires de guerre de Charles de Gaulle. Sur YouTube, il avait téléchargé des documentaires sur Jean Moulin et Jeanne d'Arc, avant de renoncer pour des questions plus urgentes, telles que le sexe, la boxe. Comme d'autres sont roux, lui était français voilà tout.

Ses parents avaient tous deux des racines bretonnes. Ils s'étaient rencontrés à une fête de la Saint-Jean dans un village du Morbihan, où ils étaient tous deux en vacances. Elle l'avait suivi quand il était rentré en tant que mécanicien à Air France. Avant chaque départ d'avion, il passait avec sa boîte à outils entre les rangées de sièges et vérifiait, la langue tirée, le fonctionnement des lampes passagers. Plus tard, après que les écrans vidéo eurent été introduits dans les avions, il avait suivi une formation spécifique pour la réparation de leurs circuits électriques complexes. Sa mère avait trouvé un poste au service comptabilité de France Télécom. Elle était heureuse, elle avait toujours aimé les chiffres. La sécurité de leurs emplois à tous deux était assurée. Ils n'avaient rien d'autre à se soucier que d'avoir des enfants, vivre bien et repousser la mort le plus loin possible. Ils avaient choisi Le Bourget parce que c'était pratique. L'aéroport Charles-de-Gaulle et la tour France Télécom étaient tout proches. La zone de confort s'était agrandie avec l'achat d'une puis de deux voitures.

Il est maintenant devant le pavillon où ses parents ont passé plus de la moitié de leur vie. Il y a vécu ses plus jeunes années, à l'abri de leurs corps. C'est un pavillon typique de la banlieue d'Île-de-France, avec son allée de gravier divisant le jardin, son crépi blanc cassé et sa toiture de tuiles rouges. La bordure avec la maison de gauche est marquée par quatre grands peupliers, élancés comme des flammes de bec Bunsen. Il remarque une large souche mousseuse, émergeant d'un tapis de feuilles, le cinquième peuplier, mort d'un champignon.

La maison, comme tout le quartier, est vide. Ses habitants ont l'air d'être partis à la hâte. Il reste comme des particules en suspension, quelque chose de la précipitation qui s'est emparée d'eux. Il pourrait pousser la petite porte en fer forgé, avancer dans l'allée en faisant crisser le gravier sous ses pas. Une chanson, très en vogue aux États-Unis, s'échappe de l'autoradio d'une voiture arrêtée à un feu rouge. Une jeune diva à la voix rauque chante l'amour à s'en péter le coffre. La mélodie emplit l'espace quelques secondes avant de perdre de la force avec le démarrage de la voiture puis de disparaître.

Les murs du pavillon étaient de véritables murailles, clouées d'assiettes en porcelaine de Limoges et de portraits des ancêtres de sa mère en costume bigouden. Les meubles du salon étaient chargés de bibelots, d'œufs de Fabergé, de coupe-cigares. Les livres dans la bibliothèque étaient ceux de Laurence Pernoud, de Raymond Oliver, de San Antonio. Il y avait aussi le best-seller d'Alain Peyrefitte *Quand la Chine s'éveillera* et *L'Ami Fritz* d'Erckmann-Chatrian. Ils mangeaient devant la médaille vermeille du mérite de son père au-dessus de la télévision, avec à côté la lettre de félicitations signée du ministre du Travail. Dès qu'il faisait beau, les jours de weekend, ils déjeunaient dans le jardin de leur pavillon. Ils avaient alors l'impression d'être au milieu de la forêt de

Fontainebleau. Sa mère apportait les plats de la cuisine et les posait au milieu de la table, recouverte pour l'occasion d'une toile cirée. Son père regimbait, parce qu'il avait ses habitudes et préférait manger rapidement devant la télévision pour retrouver ses maquettes au garage. Ils déjeunaient avec des paroles laconiques, au milieu des splaash des plongeons dans la piscine municipale. Son père ne parlait pas. Il portait un crayon au-dessus de l'oreille, sa mère des lunettes de soleil. Le dimanche, après le repas, son père sortait la 405 du garage et ils allaient prendre le digestif chez son grand-père paternel, au Blanc-Mesnil. Ouvrier retraité des usines Peugeot, il vivait seul depuis la mort de sa femme par crise cardiaque lors de la canicule de 1976. Il leur en parlait tout le temps, au-dessus des trois verres remplis d'armagnac à la belle couleur ambre, que son père faisait tourner, pendant que lui buvait une menthe à l'eau. Cette habitude avait cessé à la mort de son grand-père à l'hôpital de La Courneuve, à l'âge de quatre-vingt-treize ans. Il avait sept ans. Il se rappelle les yeux rougis de son père puis sa silhouette dans le couloir, qui chancelait et se tenait par les murs. Il avait vu sa mère abasourdie puis redevenir au bout de quelques instants cette coéquipière modèle, cette porteuse d'eau exemplaire, le réconfort au bout de ses doigts. Papy Georges était mort le jour du cent mètres aux Jeux d'Atlanta de 1996. Aujourd'hui, il se souvient encore des clameurs dans la salle des médecins.

Sa chambre d'enfant était au premier étage. Elle donnait sur le jardin et la rue du Docteur-Cauvin. Il se souvient de ses jeux favoris. Il disposait des cartes de jeu sur son lit, les rouges face aux noires, comme deux petites armées. Puis il faisait se fracasser les cartes l'une contre l'autre en des combats furieux. Tous les six mois, il demandait à sa mère de lui acheter un nouveau jeu au bazar. Il aimait aussi se mettre debout sur son lit comme si c'était un ring imaginaire. Vêtu de son pyjama Spiderman, il livrait des combats de boxe dantesques, frôlait le K-O, pour gagner à l'arraché sous les yeux d'une amoureuse. Épuisé mais victorieux, il se rassasiait des bruits que faisaient ses parents dans les pièces d'à côté, le ronronnement de la télévision, les bruits de vaisselle, les craquements de l'escalier. Il passait beaucoup de temps derrière la fenêtre de sa chambre à observer les passants. C'était un point commun qu'ils s'étaient trouvé avec Hannah. Au Bourget et à Charlotte, à des milliers de kilomètres l'un de l'autre, leurs visages d'enfants étaient collés contre la vitre, avec la même envie du monde.

Dans la rue du Docteur-Cauvin, la physionomie des passants changeait au fil des heures de la journée. La procession matinale des retraités en caddie laissait place au milieu de l'après-midi au retour des employés d'Air France et de l'usine Peugeot toute proche. Puis la rue se vidait à l'heure du repas, pour devenir inquiétante la nuit, avec les gars de Brossolette qui revenaient de Paris par le dernier RER. De sa chambre, effrayé, il les regardait passer avec leurs démarches de chimères. Ils étaient nombreux, il les comptait sur les doigts de sa main, jamais moins de cinq, plus que son père, sa mère et lui. Ils parlaient à voix haute, avec des éclats de violence. Le samedi soir, ils marchaient de travers, se donnaient des bourrades dans le dos, tapaient dans des canettes. Il avait la hantise qu'ils n'escaladent la grille, ce qui était arrivé une fois. Une ombre en cagoule avait enjambé le portail, avant d'être retenue. Il avait senti ses cheveux se dresser sur sa tête. Il ne trouvait le sommeil qu'une heure après le passage du dernier RER en gare du Bourget.

Yassine avait grandi à un jet de pierre de lui, dans la promiscuité, le nombre. Il partageait sa chambre avec son petit frère. Ils dormaient dans des lits superposés alors que leurs deux sœurs avaient chacune sa chambre. Celle des parents était tout au bout de l'appartement. Son éloignement lui donnait un aspect mythique, presque

41

inquiétant. Il y avait une sourate du Coran encadrée dans chaque pièce, ainsi que des plantes vertes. Sa mère était le lien entre tous. La première fois qu'il était rentré chez Yassine, il avait été frappé par l'exiguïté des couloirs, la petitesse des pièces, le nombre d'objets, l'impression d'étouffement dont parlait Yassine. Comme il disait, chacun rêvait de son côté.

L'appartement était situé au dernier étage de la tour d'immeuble. La vue, magistrale, couvrait l'étendue septentrionale du Bourget, le début du Blanc-Mesnil et les portions des champs qui séparaient les deux villes. Yassine avait passé ses premières années à scruter l'horizon depuis ce point de hauteur, exerçant son imagination comme un muscle. Un jour, il avait cru voir les chars de l'armée rouge se masser au Blanc-Mesnil, prêts à déferler sur Le Bourget. Paniqué, il avait ordonné à ses sœurs de se cacher sous les lits et de se boucher les oreilles, mais aucun envahisseur n'était venu. Il avait été déçu. Leurs enfances resteraient pour l'un comme pour l'autre des blocs mystérieux, des aquariums scellés, qu'ils n'auraient pu ouvrir à l'autre, même s'ils l'avaient voulu.

Même quand ils furent partis vivre à Paris, plus tard, dans cet appartement de Marx-Dormoy, ils revenaient toujours. Ils prenaient le RER de 12 h 03 à la gare du

Nord pour arriver au Bourget à 12 h 34. Ils faisaient le chemin ensemble depuis la gare pour se séparer devant son pavillon, l'embranchement à partir duquel leurs chemins se séparaient. Une légère tristesse ombrait la journée.

Il prenait d'abord sa mère puis son père dans les bras et ils passaient à table. De la viande toujours. Quand sa mère faisait de la purée, il creusait comme elle un petit trou pour y loger le jus. L'amour était là, entre eux, organique, un amour de portée. Un jour, il amènerait une femme à cette table et un équilibre profond serait comme rétabli. Ils n'avaient pas besoin de beaucoup de mots. Ils éclusaient les sujets du quotidien, la boxe, ses activités occasionnelles de garde du corps, la vie à Paris, Yassine. Puis ils commentaient l'actualité avec des exclamations. L'élection de Barack Obama, la révolution égyptienne étaient des événements trop grands, qui tournoyaient dans le lointain pendant qu'ils attrapaient les morceaux dans leur assiette. Ils avaient traversé les mandats de Jacques Chirac en mangeant. Son père avait perdu tout intérêt pour la politique avec la quasi-disparition du Parti communiste français. Une fois seulement il s'était animé en lui expliquant le concept de ceinture rouge. Puis il avait retrouvé sa position de retrait, la bouche cousue. Il lavait la Peugeot 405 avec la peau de chamois et retrouvait ses maquettes de caravelles pour ne penser à rien. Sa mère, elle, passait des heures dans le jardin à lire *Femme actuelle* et les livres de Colette. Il voyait sa jolie coiffure aux reflets acajou dépasser du transat à rayures. Elle composait avec le mutisme de son père, économisait elle aussi ses mots. Tous les deux avaient une vague peur du dehors, comme si rien de bon ne pouvait en venir. Ils disaient que Le Bourget avait beaucoup changé. Les gens dans la rue n'avaient pas la même couleur de peau que lorsqu'ils y étaient arrivés. Toutes les boucheries étaient hallal et il n'y avait plus de mercerie depuis longtemps. Pour acheter ses pelotes, sa mère devait aller à Saint-Lazare.

Il fixe la maison comme s'il voulait la faire parler. Il se rend compte de la destruction qui s'est jouée dans ce pavillon du Bourget au cours de ces années immobiles. Son père portait une moustache, genre Belle Époque. Il la taillait avec soin, quasiment tous les jours. Il disait qu'elle était son jardin à lui, avec une lueur dans les yeux. Noire comme le jais, sa moustache était devenue, avec les années, poivre et sel, puis toute blanche. Sa mère avait quant à elle rapetissé. Elle était minuscule, si légère qu'il aurait pu la porter au bout de son bras comme une statuette.

Il y a longtemps, par amour, il s'était rendu à l'endroit où sa mère avait grandi. Tout petit, il s'était promis de faire ça pour les siens. Il appelait ça « pèleriner ». Il l'avait fait pendant que sa mère était encore vivante, alors qu'il avait seize ans. Dans la cave du Bourget, il était tombé sur une cache de photographies de sa mère jeune fille prises dans ce village près de Saint-Nazaire où elle avait grandi. Un matin, il avait pris le train à la gare Montparnasse avec ces photos dans la poche. Au village, il avait demandé son chemin à des vieillards. Il était arrivé devant une maison en ruine, dévorée par la végétation, un peu à l'écart, et dont il ne restait qu'un seul mur, celui contre lequel elle posait sur cette photographie, dans des habits de communiante, souriant vers le ciel. Sa mère devait avoir dix ans. Elle regardait l'objectif avec confiance, le visage baigné d'une lumière qui semblait émaner de sa peau.

Il avait ensuite dépassé la limite du village, traversé des champs de betteraves, senti ses narines se remplir d'iode, pour arriver à un promontoire. Là, il avait regardé longtemps l'océan acier battre la côte. Il avait cherché le blockhaus couvert de graffitis où, sur une autre photographie, on pouvait voir l'adolescente avec des lascars en train de danser, en blouson de cuir, une bouteille de 33 Export à la main. Il l'avait retrouvé parmi la dizaine, ce

blockhaus, chaud comme un utérus. Le sol était jonché
de flasques de vodka, de joints filtre carton, de capotes
qui ressemblaient à des filaments de méduses. Il avait
regardé l'horizon, puis il avait dansé, une danse de joie
pure pour lui, sa mère, l'océan. À cette époque, aucun
ennemi n'aurait pu en venir qu'il n'aurait pu défaire.

Les souvenirs, étincelants et glauques, défilent,
débandés, puis en rangs serrés. Il a été l'enfant unique
de cet homme et cette femme morts depuis longtemps.
Il arrive à le dire. La douleur, qu'il avait fuie en mettant
un océan entre eux, ne le rattrapera plus. Elle flotte
désormais comme une fine pellicule au-dessus de la
mer, de Brooklyn, du visage de Hannah, du sourire sans
dents de son bébé. Il peut maintenant repenser au corps
de son père sur ce lit de l'hôpital de La Courneuve, aux
extrémités rejetées, léger comme un squelette d'oiseau.
La mort, la foudre, avait frappé. L'air était encore lourd
de la lutte qui venait de cesser. Il était reparti avec sa
mère en conduisant la 405 dans les rues glaçantes de
La Courneuve puis du Bourget. Tout ça était bel et bien
arrivé.

À la mort de son père, il avait retrouvé l'impression
de vérité de son premier combat. Il défendait alors les

couleurs de son club aux championnats de France des clubs régionaux dans la catégorie des poids welters. Il voyait son adversaire à l'autre bout du ring, un gars du club de Torcy dans l'Essonne, avec des bras très longs. Front contre front, les poitrines soulevées par chaque respiration, ils avaient enchevêtré leurs regards comme font les cerfs avec leurs bois. Il entendait ses coéquipiers dans la salle crier son nom. Yassine était dans la salle. Il portait un tee-shirt avec une tête de Malcolm X customisée. Conversations et clameurs roulaient au-dessus de cette foule. Il était là, avec une conscience aiguë des forces en présence. Dans quelques instants, il allait se battre pour la vie. Puis, à la sonnerie du gong du premier round, il avait vu au milieu de la foule, flottant comme des débris dans la mer, les visages pâles de ses parents. Leur fragilité lui avait sauté aux yeux. Il avait gagné ce combat par K-O au deuxième round par un crochet au foie.

Il sent une main sur son épaule, se retourne. Devant lui se tient une femme d'une cinquantaine d'années, qui a ses deux poings sur les hanches. Elle lui sourit joliment. Sa robe verte tient sur le devant par un grand nœud. Elle dit qu'elle le reconnaît. Il bredouille qu'il y a erreur, qu'il est américain, faisant exprès de parler français avec un accent anglais. Il déguerpit. La voix de la femme s'éloigne. Il rentre dans le parc Charles-de-Gaulle. Dans sa poitrine, son cœur s'est accéléré. Quelques familles mangent sur les pelouses. Une télévision est installée au milieu du parc, montrant les images de Saint-Denis, l'estrade, pour l'instant vide, où Meziane doit prêter serment ce soir.

Hannah avait insisté pour venir au Bourget. Elle avait besoin, disait-elle, de voir l'endroit où il avait grandi. *I am so in love with the child you used to be, you know.* Elle avait illuminé les lieux de ses épaules nues, de sa courte robe jaune. Des femmes s'étaient offusquées comme si elle brisait un pacte de non-agression. Ils avaient mangé dans un restaurant chinois sur le boulevard de la République, avec Yassine et sa femme, Maboula.

Alors que Yassine et lui ne s'étaient pas vus depuis quatre ans, ils s'étaient fait un simple check des mains. Leurs cœurs riaient. Ils regardaient toute cette vie entre eux, compacte comme de la gélatine. Yassine venait de lancer, avec plusieurs hommes d'affaires, une chaîne de télévision pour définitivement gagner la guerre des esprits. Il avait écouté Yassine régler encore ses comptes avec la France. Lui n'était plus d'ici. Après toutes ces années passées en Amérique, la France était devenue une abstraction.

Maboula s'était mise en disponibilité de son poste de maître de conférences en études de genre de la faculté de Nanterre pour épauler Yassine. Elle ne le quittait pas des yeux tout en picorant des chips chinoises. Ils n'avaient pas reparlé de son choix de partir pour New York. Ils voyaient qu'il était heureux, qu'il avait le grand amour, juste à côté de lui.

Ils avaient parlé de l'espérance Meziane qui grandissait dans le pays. Le PMD, le parti des musulmans démocrates, était sur le point de rentrer à l'Assemblée nationale. Le vent tournait et s'apprêtait, pour une fois, à souffler dans le bon sens. Puis ils étaient retournés à Brossolette, tous les quatre. Il ne lâchait pas la main de Hannah. Au bout de dix minutes, Yassine s'était retrouvé avec sous les bras une pile de CV. Les petits du Bourget voulaient tous travailler pour sa chaîne de télévision. Lui recevait des bourrades dans le dos, des applaudissements. Son exploit était encore dans les mémoires. Les gens du Bourget étaient fiers comme des paons. Les deux enfants prodigues revenaient au bercail.

Ils avaient bu le thé chez la mère de Yassine, laquelle avait cette manie de caresser les lobes d'oreille de son fils. L'appartement lui paraissait plus grand que dans sa mémoire. Les sœurs étaient parties, il ne restait que le petit frère. Ils étaient bien tous les six, parlaient en français, en arabe, en anglais, les liens entre eux tendus comme des cordes. Hannah et lui avaient parlé de là-bas, à quel point il y avait plus de vie, plus de choses. À New York, il avait aussi dit que personne ne le reconnaissait, à part quelques touristes français qui changeaient aussitôt de trottoir. La mère de Yassine avait écarquillé les yeux à ce moment-là. Il était comme les Inoubli maintenant, il avait un pays de réserve. Comme toujours, Yassine et lui se regardaient avant de commencer chaque phrase.

Une fois dehors avec Hannah, il avait regardé les fenêtres de l'appartement. Yassine était derrière l'une d'entre elles, avec son visage blanc, en train de lui faire un signe de la main. La douceur émanait de son regard, comme une buée. Adieu, parfait ami. C'était la dernière fois qu'il le voyait. Yassine devait mourir six mois plus tard, *alhamdullilah*. Une dizaine d'enfants, massés en bas de l'immeuble, les avaient suivis jusqu'au pavillon de la rue du Docteur-Cauvin. Ils le touchaient, lui faisaient signer des autographes, s'accrochaient à son bras ou se livraient à quelques exercices de shadow boxing.

Ils devaient passer la nuit dans la maison familiale, qu'il n'avait pas encore vendue. C'était la première fois qu'il y revenait depuis la mort de sa mère. Il avait fait l'amour avec Hannah au premier étage dans sa chambre de petit garçon. Mais dès qu'il eut joui sur son visage, il sentit une épée plonger dans ses reins. Des bruits manquaient, le silence se reformait aussitôt qu'ils cessaient de parler. Il avait jeté un regard sur les objets, ses jeux de cartes, ses livres, ses DVD de boxe, accumulés au long de sa première vie. Il avait passé son index sur des surfaces couvertes de poussière. La mort était là, partout. Il avait commencé à trembler, à se sentir mal. Hannah avait alors porté la fraîcheur de ses mains à son front, l'avait relevé, rhabillé, abondamment rassuré. Elle avait refermé la porte du 3, rue du Docteur-Cauvin. Ils avaient marché jusqu'à l'hôtel au début de l'avenue Charles-de-Gaulle. Il se serrait contre elle, s'agrippant au fin tissu de sa robe, respirant son parfum. Elle lui parlait en anglais parce qu'il trouvait les mots de cette langue plus réconfortants. *You're going to be fine my love, don't worry. It's OK, it's OK, you're fine.* Il avait peu à peu retrouvé ses esprits. Ils avaient pris une chambre dans le seul hôtel du Bourget, sur l'avenue de la République, et là, de nouveau, le sexe, le dieu rouge, presque vingt ans plus tard. Après l'amour, ils avaient beaucoup parlé. Il lui avait dit aussi que ça s'était passé là, dans cet hôtel, la première fois, avec elle. *In this very room.* Hannah s'était alors frappé la poitrine, touchée à mort.

Occupy the past. Il avait pèleriné pour Hannah la première fois qu'ils étaient venus à Charlotte. Il avait cherché ses traces dans la maison où elle avait grandi. Il avait fouillé le jardin tropical sur lequel donnaient les fenêtres de sa chambre d'enfant. Sycomores, ifs et bougainvilliers enchevêtraient leurs branches pour former une muraille, derrière laquelle elle avait poussé. Il avait été frappé dans cette banlieue américaine par le trop d'espace, l'éloignement des maisons les unes par rapport aux autres. Il avait trouvé qu'avec la nuit s'insinuait la peur et que les conducteurs dans les habitacles éclairés des voitures ressemblaient à des étrangleurs.

Il avait insisté pour que Hannah le conduise à l'endroit où elle avait perdu sa virginité. *The place where you got fucked the first time.* Il trouvait que cette question revêtait la plus haute importance. L'endroit était une maison luxueuse, protégée par des cyprès, sur la route de Charleston. Il avait pu voir une piscine taillée dans du marbre rose, des transats et, derrière les baies vitrées, une décoration chargée. C'est ici que Hannah, à quinze ans, lors d'une soirée, s'était fait dévorer. Elle ne se rappelait rien. *I hardly remember it. But I think he may have raped me. I was just so drunk.* Elle s'était réveillée le lendemain matin avec de la lymphe blanche qui coulait entre ses cuisses. Lorsqu'elle lui avait dit ça, il s'était éloigné, dégoûté d'elle, avait marché au bord de la route, le sang fouetté comme avant un combat.

Il avait eu mal aussi devant cette photo de Hannah accrochée dans la chambre de ses parents, où on la voyait s'apprêter à aller au bal du lycée. Elle portait une robe d'un beau bleu électrique, ses ongles faits et ses cheveux coiffés. Ses yeux étaient emplis d'une inextinguible confiance en l'avenir.

3

La bannière étoilée du sexe avait flotté au-dessus de cet hôtel du Bourget, deux mois avant la mort de son père. C'est là qu'il s'était dépucelé. Ces deux sommets d'une vie avaient coïncidé dans la sienne. Depuis, il se méfiait des grandes joies parce qu'elles portent en germe, lui semble-t-il, une grande peine, comme si un déséquilibre devait être vaincu. Cette joie, en plus du soutien de Yassine – pendant les premières semaines ils avaient marché dans les rues du Bourget en se tenant la main comme les blédards –, lui avait permis de traverser l'immédiate proximité du deuil, de prendre sa mère muette de chagrin contre lui. Mais bien sûr, il ne s'était jamais remis de la mort de son père.

Il avait rencontré Sabrina après les émeutes de 2005, au cours de cette mini-période de libération sexuelle que connut le 93. Elle faisait de la boxe thaïe dans la même salle de La Courneuve. Dans les banlieues, de plus en plus de filles s'entraînaient à des sports de combat, l'oppression qui pesait sur les garçons les menaçant à leur tour. Comme eux, elles cherchaient à décupler leurs forces, même si l'adversaire n'avait rien de physique. Le corps de Sabrina était leste et puissant, la coordination de ses gestes parfaite. Ses coups de pied laissaient des marques profondes dans le sac de cuir. Ses cheveux longs ramenés en arrière brillaient de sueur au bout de quelques efforts, sa peau avait la couleur du cuivre. Seule au milieu de bonshommes, Sabrina ne parlait pas, ne cherchait pas les regards, concentrée sur l'exécution des gestes, *high kick*, *low kick*, coup de genou, les yeux rivés sur le sac ou sur son partenaire. Elle se rhabillait sitôt l'entraînement terminé et repartait dans des nuages de parfum. Il ne lui avait jamais parlé, pas plus qu'aucun des gars de la salle. Elle venait de Drancy. Tout le monde connaissait ses deux grands frères, dont l'aîné, Karim, avait combattu dans des combats de muai thaï à Bangkok.

Il l'avait rencontrée par hasard un matin sur le quai du RER en gare du Bourget. Il avait été étonné. À l'extérieur de la salle, Sabrina était un bébé. Des couches de fond de teint orange dissimulaient ses plaques d'acné, mais ses traits étaient les plus purs qu'il ait jamais vus. Elle portait des Converse rouges, un paréo sur son jean moulant, un blouson en cuir ajusté et un bonnet gris perle. Elle avait accroché à son cou plusieurs colliers, au milieu desquels brillait une petite main de Fatma. Son regard était légèrement traqué. Ils avaient engagé la conversation, sur les émeutes, les CRS caparaçonnés en faction, la boxe.

Ils parlaient différemment depuis les événements, avec plus d'assurance. Ils ne se quittaient pas des yeux, n'auraient pu s'ils l'avaient voulu. Elle avait marché depuis Drancy jusqu'à la gare RER du Bourget. « Y a des gars relous là-bas, je préfère éviter. » Tous deux se rendaient à Paris sans raison. Ils étaient montés ensemble dans la rame de RER, son cœur à lui gonflé comme un ballon d'hélium.

Ils avaient pris un grec dans le quartier de Saint-Lazare puis un pain aux raisins dans une boulangerie Paul. Ils avaient marché jusqu'aux Halles, dans une ville devenue amicale. Ils parlaient peu, manquaient de sujets de discussion. Ils avaient fait le tour des gars qu'ils connaissaient à la salle, à Brossolette, à Drancy. Elle avait dit que son frère Karim, autrefois un cador des bagarres entre les mecs de Drancy et du Bourget, s'était calmé. « C'est un daron maintenant, tu vois. » Il était heureux d'être avec Sabrina, elle venait d'un pays merveilleux, l'autre sexe. Il la regardait à la dérobée, lui touchait l'épaule par inadvertance. Elle était la plus belle personne qu'il ait jamais vue.

Ils marchaient bien ensemble, leurs corps obéissaient à un même rythme. Ils avaient déambulé dans les rayons de la FNAC des Halles. Elle lui avait dit qu'elle connaissait Yassine de nom, parce qu'une tante à lui vivait dans sa cité de Drancy. Elle voulait continuer dans la boxe thaïe, aussi loin que possible. Pourquoi pas un jour aller combattre aux Pays-Bas, où se tenaient la plupart des combats féminins. Son père était algérien, sa mère marocaine, ils s'étaient rencontrés dans une ville frontalière et les traits de son visage étaient leur mélange. Elle scrutait les gars de banlieue qu'ils croisaient, certains aussi reconnaissables à leur accoutrement que des militaires. Il sentait une vague peur en elle. « Je viens à Paris pour être tranquille, tu vois. »

Elle lui avait dit que les Beurettes ne traînaient en général pas avec les Français, que c'était mal vu. « C'est des conneries, tout ça. On nous monte les uns contre les autres. » Peu à peu, elle s'était mise à parler avec emportement, finissait ses phrases avec des mots plus hauts que les autres. Elle avait beaucoup à dire et il l'avait beaucoup écoutée. Il n'avait pas cherché à lui plaire parce qu'il ne savait pas faire.

Dans la cour carrée du forum des Halles, ils avaient écouté du rap français sur le portable de Sabrina, en mode haut-parleur. Il avait tapé du pied en rythme, avec elle, alors qu'à l'époque il écoutait plutôt les Smiths, Television, Arcade Fire. Le rap exprimait une colère qui n'était pas entièrement la sienne. La boxe davantage, et puis c'était plus simple, cette colère de gestes, lui qui se méfiait des mots. « Drancy, c'est comme un camp d'entraînement de ninjas dans les films de Bruce Lee, tu vois le délire. » Il lui avait pris la main à la fin de sa phrase. Debout, lui adossé à un pilier, face au Quick, leurs bouches s'étaient enchevêtrées. Puis leurs corps s'étaient serrés, en poussant avec les pieds de toutes leurs forces.

Ils étaient revenus au Bourget et la journée devait s'arrêter là. Ils se sentaient comme des rescapés. À Châtelet, sur le quai du RER, leurs mains s'étaient séparées mais leurs regards avaient continué de s'accrocher. Comme une évidence, ils avaient alors pris une chambre dans le seul hôtel du Bourget. C'est là que les gars de Brossolette et de Drancy allaient pour faire l'amour. Ils avaient acheté au ED des Pépito, du Coca, puis un paquet neuf de tabac à rouler Samson. Ils avaient marché tête baissée dans les rues, évitant les regards des personnes qu'il y avait autour d'eux. Dans la chambre, elle avait fait tourner son soutien-gorge autour de sa taille pour le dégrafer. Il s'était déshabillé face à elle, en hologramme, avec des gestes maladroits, la gorge sèche. Leurs corps étaient taillés dans le même marbre. Il avait honte de l'énormité gluante de son sexe, ne la lâchait pas du regard, comme s'il voulait la tenir à distance. Elle l'avait alors attiré à elle, comme dans un rêve. Ils l'avaient fait dans une hâte un peu tragique, et la jouissance chantée depuis les origines avait déferlé.

Après, il avait fait attention aux détails, à la fenêtre de l'hôtel, petite comme une meurtrière, aux draps couverts de taches, au papier peint. Puis il était revenu au corps de Sabrina, son éblouissement, avait mimé devant elle le geste de se protéger les yeux. Ils avaient fumé quelques cigarettes, en mettant le cendrier entre eux, au milieu du lit. Le portable de Sabrina jouait des morceaux d'Oxmo Puccino. Ils étaient rentrés avec la nuit, se quittant au pont de pierre qui relie Drancy au Bourget. Ils avaient échangé leurs téléphones. Elle n'avait pas voulu qu'il l'accompagne au-delà.

Leur histoire avait duré un peu moins d'un an. Hannah avait insisté pour qu'il se souvienne de chaque épisode. Elle touchait là un apogée de la vie de son homme, un os plein de moelle. Il en parlait avec des mots qui la faisaient crever de jalousie. Elle l'avait pourtant supplié de continuer, d'ajouter des détails – sur le sexe, le corps de Sabrina, ses phrases –, de donner une jauge approximative à l'intensité de ses sentiments. *I want you to hurt me with your past. I want this knife to cut me.* Il s'était exécuté, avait aimé Sabrina comme un chien. Maintenant encore, quand il a bu, et qu'il se tient seul au seuil d'un bar, le visage de Sabrina lui revient au-dessus des arbres. Longtemps, il avait attendu un signe d'elle.

Ils avaient instruit leur histoire d'amour à l'insu de tous, même de Yassine. Il y avait trop de susceptibilités, de préjugés, d'intercesseurs possibles pour qu'elle se vive au grand jour. Ses frères, la rivalité Le Bourget-Drancy, les coupures tess-pav, Rebeu-Blanc étaient autant d'obstacles. À l'époque, les batailles postcoloniales se déroulaient jusque dans les chambres à coucher.

À la salle de boxe, ils s'aimaient d'un amour courtois, comme au Moyen Âge, avec de longs regards, des soupirs qu'ils conjuraient en augmentant la force de leurs coups. Ils jouissaient d'être proches sans pouvoir se parler. Il s'était débrouillé pour changer de sac, se rapprocher d'elle. Personne n'avait repéré son manège. Parfois, elle faisait exprès de ne pas le calculer de tout l'entraînement. Ils se retrouvaient sur les quais du métro de la ligne 7

La Courneuve-8 Mai 1945, une demi-heure après la fin des entraînements. Ils partaient à Paris, avec quelques heures devant eux, faisaient l'amour dans des chambres d'hôtel à quarante euros. Ils se caressaient les côtes, les arcades, la nuque, attentifs à leur musculature. Ils avaient un cérémonial d'amants aguerris, avec certains de leurs gestes à l'instinct. Ils faisaient l'amour les yeux fermés, toujours de la même manière, en missionnaire. Il avait eu honte la première fois qu'elle l'avait sucé. Elle faisait des bruits sourds et syncopés quand il entrait en elle.

Après, ils discutaient du pourquoi il ne pouvait pas aller la voir à Drancy. Ses deux grands frères n'accepteraient jamais qu'elle soit avec un non-musulman. Se convertir n'était pas suffisant. Il respectait leurs réticences. S'il avait eu une sœur, il aurait probablement agi pareil. Ils préféraient mettre ces grandes questions sous l'oreiller et refaire l'amour. Ils revenaient au corps puis parlaient de boxe. Ils se montraient des gestes, les gardes différentes en boxe anglaise et en boxe thaïe, plus basse pour cette dernière. Les tibias de Sabrina étaient tranchants comme des lames.

And then what happened ? What happened next ?

Sabrina aurait dû être sa dernière femme. Il pensait qu'une fois qu'on avait fait l'amour avec quelqu'un, on ne pouvait plus le faire avec quelqu'un d'autre. Il avait lu trop de livres, avait la nostalgie de leur premier orgasme. Il avait prévu de mourir à ses côtés, dans un accident de voiture au bled. Il le lui avait dit et elle avait acquiescé. Elle souriait à tout ce qui émanait de lui, avait des gestes d'une tendresse de plus en plus nette.

Elle venait le voir sur les rings se taper avec des gars. Il la voyait au bord, les bras repliés, chatoyante comme un cygne. Elle lui donnait des conseils, de remonter sa garde, de se servir des cordes. À dix-neuf ans, il avait fini par émerger comme le super-welter le plus prometteur du 93. Il était devenu la fierté du Bourget, le chouchou des Blancs et des Arabes. Yassine ne parlait que de lui et Sabrina, princesse de Drancy, l'avait dans son cœur.

Elle avait pris un forfait international quand il était parti en Turquie disputer les championnats d'Europe des clubs. Elle lui envoyait des textos bourrés de smileys, des photos où elle montrait de plus en plus de peau. Là-bas, il avait affronté des enragés de toute l'Europe. Des gitans irlandais, des Daghestanais, des Turcs au cou de bœuf. Il avait éclaboussé la réunion de sa boxe stylée. Il avait perdu aux points contre un boxeur du cru, à la suite d'une décision contestée des arbitres. Après, il s'était promené dans les rues d'Istanbul avec ses coéquipiers. Tous portaient le maillot rouge et bleu de leur club de La Courneuve, le quatrième en Europe, et marchaient les jambes écartées. Il avait repensé aux bandes inquiétantes qui passaient la nuit dans sa rue, lorsqu'il était enfant.

Devant Sainte-Sophie, l'un des gars, Nazim, un poids coq, avait commencé à mal parler de Sabrina, comme quoi il allait la serrer et lui péter son uc. Il l'avait rappelé à l'ordre direct, en en venant quasiment aux mains. Il voyait le visage de Sabrina sur d'autres visages de femmes, au-dessus des toits, dans l'eau du Bosphore. C'était tellement bon de penser à elle et en même temps quelque chose faisait mal. À son retour, il en avait eu les larmes aux yeux de la voir sur le quai de la ligne 7, station La Courneuve-8 Mai 1945. Elle avait mis sa belle robe, les chaussures qui vont bien. Ses paupières étaient lourdes de fard. Elle s'était faite belle pour lui, même si elle avait prétendu le contraire.

Des bruits avaient commencé à courir. On les avait vus aux Halles, à la gare Saint-Lazare. Il avait senti des regards dans son dos à la salle. Un gars, Cédric, qui était de la même cité que Sabrina, avait appuyé ses coups à l'entraînement, comme s'il voulait le mettre K-O. Il avait croisé des gars de Drancy au grec de La Courneuve, qui avaient commencé à le chauffer. Il s'était tapé avec eux, avait expédié un gars sur un capot, pris une droite. Il s'était dit que c'était la vieille rivalité Brossolette-Drancy, n'avait pas cherché plus loin.

Sabrina ne s'était doutée de rien. Elle ne se sentait pas particulièrement surveillée, mais une gravité s'était insinuée entre eux. Une gêne se formait aussi après l'amour qu'ils avaient du mal à défaire. Il en avait eu une sale impression, lorsqu'ils avaient pris une chambre dans un hôtel du Raincy. Une ville de Français, comme avait dit Sabrina. Ils mangeaient dans une brasserie avec vue sur la place de l'Hôtel-de-Ville, comme des grandes personnes, lorsque soudain Sabrina s'était précipitée sous la table. Elle avait vu le meilleur pote de Karim, en train de décrire des cercles sur la place avec son scooter. Sabrina avait croisé son regard.

And then ? And then ?

La première fois qu'il avait parlé de Sabrina à Hannah, ils étaient ensemble depuis deux mois à peine. Ils passaient leur temps à extraire des carottes de leurs passés et à les analyser, où qu'ils soient, quoi qu'ils fassent, en marchant, chez elle, sur le ferry entre Brooklyn et Manhattan. Il lui avait parlé du dénouement de son histoire avec Sabrina dans ce café de Spanish Harlem, au milieu de l'été. Dehors, des types faisaient de la musculation en se suspendant aux feux rouges de la 148e Rue, des adolescents descendaient torse nu dans les bouches du métro. Son cœur s'était serré, il avait commencé à trembler des mains.

Il avait rendez-vous avec Sabrina sur le quai habituel de La Courneuve. Il s'était entraîné dur ce jour-là et son corps lui faisait mal. Il avait pris un mauvais coup sur la mâchoire, qui faisait un bruit de roue voilée pendant qu'il marchait. Il avait hâte de voir Sabrina, voulait lui présenter Yassine, que ça soit plus officiel. Dans le métro, il avait vu tout de suite qu'il y avait quelque chose d'anormal. Elle se tenait au bord du quai entre la ligne jaune et le vide, dans ses habits de lycéenne, avec une veste en jean. Une drôle d'expression dans les yeux. Il s'était rapproché d'elle mais elle n'avait pas esquissé le moindre geste. Elle l'avait vu, le regardait, sa tête légèrement tournée, ses bras plantés comme des branches. *She was standing as if her whole body was scalded.* Sabrina ébouillantée, c'est comme ça qu'il avait décrit la scène à Hannah. La pointe de ses pieds dépassait du bord du quai. Il avait vu les lumières de la rame du métro gagner la paroi du tunnel, puis éclairer le visage de Sabrina, couvert de larmes. Il avait laissé tomber son sac de sport, l'avait rattrapée à temps, au milieu des hurlements.

And then ? And then ?

Il l'avait entourée de ses bras, l'avait conduite à l'air libre, à demi évanouie, écartant les gens à leur passage. Son corps dans ses bras ne pesait rien. Il l'avait installée dans ce café de la place tenu par un Portugais. Ce dernier avait voulu lui offrir un whisky mais elle avait poliment refusé. Elle grelottait dans sa veste en jean, n'arrêtait pas de mettre ses mèches de cheveux derrière l'oreille. Elle lui avait tout raconté. Encore maintenant, il se rappelle chaque habit qu'il portait ce jour-là.

Elle partait au bled. Ses parents avaient signé son autorisation de quitter le territoire, elle n'avait pas le choix. Elle ne connaissait pas les raisons, lui savait par Yassine qu'en général on renvoie au bled les filles jugées dévergondées. Elle ne pleurait pas, serrait les mâchoires, avait son beau regard navré. Il buvait ses traits, son nez, son profil, la forme de ses mains, faisait tenir le tout sur un nerf. Il n'avait rien dit, s'était laissé traverser par l'événement. Il n'avait plus jamais revu Sabrina.

Quinze années plus tard dans ce café de Spanish Harlem, il avait fondu en larmes à cette simple évocation. Hannah l'avait pris dans ses bras, comme s'il lui était confié, et lui avait parlé doucement en anglais. La chaleur du dehors pesait contre les vitrines du café, les passants avaient des gestes très lents. Il n'avait plus jamais été le même depuis Sabrina. Il s'était senti floué, mis à l'amende. Il avait décidé de s'endurcir, de recracher les choses sur l'amour qu'il avait apprises dans les livres, les films, et d'enfermer Sabrina dans une bulle d'ambre.

Il eut beaucoup de femmes après elle, des femmes qui venaient du 93 et de toute la banlieue parisienne, des femmes qui avaient des frères, des enfants, des maris. Il les grattait dans la rue, les bars, les réunions de boxe. Il avait élargi son abonnement RER jusqu'à la zone la plus reculée d'Île-de-France. Il baisait des Blanches de village aux aisselles moites, des filles de tess en survêt, des jeunes Cainfs au corps dur. Il avait une carte mentale sur laquelle il plantait des drapeaux signalant les endroits où il les avait baisées, avec Paris, comme un grand vide au milieu. Il mettait ses mains sur leurs visages pour qu'elles ne le voient pas jouir.

À la salle de boxe, personne n'avait été surpris du départ de Sabrina. « Les meufs, tu sais », avait simplement commenté Nazim. Un gars de Drancy avait évoqué une embrouille de famille au bled et chacun avait acquiescé. Il n'y avait rien à faire. Il avait été troublé par cette absence de débat, comme si, ce faisant, ils devenaient complices de la disparition de Sabrina. Il s'était entraîné encore plus dur, s'était mis à remporter des combats. Personne ne savait rien de ses tourments, pas même Yassine. Au bout de six mois, il n'avait plus espéré de signe de Sabrina. Elle n'avait jamais existé, pas plus que leur histoire. Sabrina prit peu à peu le rang d'une morte.

Alors, oui, bien sûr, quand il reçut cet e-mail, là-bas, à Charlotte, il sentit ses cheveux se dresser sur la tête. Il s'était prostré, les genoux dans la moquette épaisse, comme il faisait chaque fois devant un événement considérable. Quand il lui lut l'e-mail, Hannah ne dit rien. Elle blêmit, serra les mâchoires, avant de faire un tour dans le jardin. Sa robe marine à pois blancs, ses cheveux blonds, ses lèvres boudeuses s'étaient découpés sur les feuillages des bougainvilliers.

Il lui fallait donc revenir en France quelques jours, quitter Hannah, leur fille. Un pays aussi, les États-Unis, qui, avec les menées de la Horde d'or, n'avaient jamais connu de tels troubles. Le KFC de Biddleville, dans les quartiers ouest de Charlotte, avait été mis à sac et incendié. Les télévisions locales repassaient en boucle les images des pillards repartant avec des caddies débordant de palettes de poulets surgelés. Lorsque Hannah était revenue du jardin, il relisait l'e-mail, à la recherche d'une cohérence, d'un tour du destin. Il avait vu dans ses yeux qu'elle aurait voulu lui arracher la moitié de son visage avec ses ongles. Elle s'était contentée de lui pincer l'avant-bras jusqu'au sang, surmontant sa colère comme on avale une gorgée de travers. *OK you can go.* Puis elle s'était agenouillée devant lui et avait frotté son visage contre son entrejambe, comme elle fait toujours pour s'excuser de l'avoir haï.

Il n'a plus rien à faire au Bourget. Il a fait rendre gorge aux lieux, pris tout le passé en tenailles. Il s'est souvenu autant qu'il le pouvait. Le Bourget, ville fantôme, tous les habitants sont à Saint-Denis. Il n'y a plus âme qui vive, si ce n'est le policier municipal en faction devant l'hôtel de ville et la poignée de familles dans le parc Charles-de-Gaulle.

Il se dirige vers la gare de RER, direction Paris. Il marche avec une ombre à ses côtés, celle de Yassine. Ce trajet vers la gare, il l'avait fait avec lui des centaines de fois. Puis ils se mettaient dans le dernier wagon du RER, pour être près des sorties aux Halles. Il avait accompagné Yassine dans chacun de ses grands jours, dont les oraux d'entrée à l'École des beaux-arts de Paris, sa grande obsession. Son dossier artistique de candidature était constitué de deux lettres, l'une au directeur de la DDE pour se plaindre que les routes du 93 étaient moins bien asphaltées qu'à Paris, l'autre à Nicolas Sarkozy, alors président, avec joint un paquet contenant les livres de Kateb Yacine, de Chinua Achebe et les enregistrements des discours de Thomas Sankara. Deux mini-installations qui avaient suffi à le faire propulser aux oraux, qu'il avait brillamment réussis.

Admis aux Beaux-Arts, Yassine devint un petit monsieur, saluant Kader sur le seuil de son épicerie avec affectation. Il portait sous le bras une grande chemise à dessins, s'habillait comme Basquiat avec de grands tee-shirts délavés et des baskets montantes fluorescentes. Il avait ses habitudes dans un petit café auvergnat rue de Varenne, à un jet de pierre de Matignon, où il dessinait après les cours. Il le rejoignait les soirs où il ne s'entraînait pas. Yassine lui montrait alors du doigt les clients attablés au comptoir, « les têtes du cadavre français ». C'étaient des hauts fonctionnaires de Matignon, des chefs blancs à la peau fragile, pour la plupart, dont le front portait la marque d'une intelligence féroce. Il lui montrait aussi des spécimens qu'ils n'avaient jamais vus, tels que ces grands bourgeois en pantalon de velours rouge et veste chasseur qui infestent le 7ᵉ arrondissement. « La racaille d'ici. » Il faisait leurs portraits en pied pour sa série au fusain *Puissants en pantalon de velours*, dans lesquels il remplaçait une partie de leur corps par une patte de sauterelle ou un abdomen de chèvre. Il imitait aussi leur port de tête, leur manière de se tenir au comptoir, l'éclat de leur rire. Il était fasciné par l'élasticité de leur visage, capable de passer très vite d'une émotion à une autre, tout en en contrôlant chacune. « Leur corps, leurs émotions sont entièrement assujettis, c'est exceptionnel, nous n'aurons jamais cette maîtrise. »

Un jour, ils avaient vu entrer dans le café le député du 93. Un communiste, dont le corps semblait formé de boules de bilboquet. Sa tête ronde, toute rouge, était posée sur un ventre énorme. Il s'était écroulé sur la banquette de cuir devant un pichet de rosé, flanqué de son assistante parlementaire, une Beurette fraîche, vingt-cinq ans au plus, avec des cheveux à la Mélusine. Elle le couvait du regard, lui parlait très près, regardant avec tendresse les veinules éclatées sur son nez. Elle lui passait des notes qu'elle puisait d'une serviette en croûte de cuir souple. Il avait commandé le plat du jour, une choucroute, qu'il mangeait, avec la cravate relevée sur son épaule. Elle lui chuchotait des choses à l'oreille tout en picorant des cacahuètes. Il commençait enfin à se détendre, à mettre derrière lui la misère, les cités peuplées de pirates, toute la merde du 93. Sa tête était devenue dans l'intervalle de plus en plus rouge. Des morceaux de choucroute lui pendaient de la bouche puis tombaient en voltigeant sur les revers de sa veste. Elle les collectait avec soin et les disposait sur la serviette comme des cheveux d'ange. Ce fut l'inspiration d'un des tableaux les plus connus de Yassine, *Sous la petite ceinture rouge*.

Il fait le trajet en RER jusqu'à la gare du Nord, puis le métro pour la station Marx-Dormoy. Dans le couloir qui mène à la ligne 2, la foule est endimanchée, les chaussures luisent, les costumes, les robes, les boubous brillent. Les adultes portent leurs enfants au-dessus de la tête et les femmes ont leurs plus beaux cheveux. Quelques têtes se retournent sur son passage.

La foule est dense à Marx-Dormoy, la joie électrique. Des types roux, les cheveux collés de sueur, rabotent à tout-va les carottes de viande des kebabs. Il y a une atmosphère de tombola, de fête totale, qu'il n'avait connue que dans les petites villes américaines. Sur les écrans de télévision des cafés, on voit les gens affluer à Saint-Denis, l'estrade réservée aux dignitaires en train de se remplir. Le chancelier allemand esquisse quelques pas de danse, les joues rouges, avec son homologue sénégalais. Le monde veut voir Meziane, en chair et en os. Après sa victoire, elle a tellement évité les caméras que certains commençaient à douter de son existence.

Comme si Rachida Meziane ne pouvait être qu'une apparition, un tour de magie de l'histoire. Mais non, la fondatrice du Parti des musulmans démocrates a bel et bien remporté les élections présidentielles, sous la bannière de son PMD et du Parti socialiste, avec lequel elle a fait alliance. Il s'assoit à un café de la place. Maboula a un peu de retard.

Il va sur Internet, télécharge quelques vidéos. Il se sent prêt à les visionner sans trembler. Les émeutes de Yassine sont sur YouTube, pour les générations à venir. Dans l'Internet océanique flottent des îlots de cool et de rébellion où continuera de se prendre longtemps une certaine jeunesse du monde. Deleuze, Basquiat, Ali, hier, d'autres blocs de vie pure aujourd'hui, Rachida Meziane, LeBron Parks, Imre Khan, Yassine Inoubli, dont personne ne pensait qu'ils pourraient venir après une telle sécheresse.

Yassine, donc, sur ces vidéos, dans la splendeur du jeune âge. Joues, lèvres pleines, chevelure drue. Des traits de mignon des bordels coloniaux, disait-il. Sa dégaine ce soir-là, au mitan des années de plomb, sur ce plateau de télévision, parmi les bêtes. Habillé comme Dorian Gray, chemise à jabot, costume noir cintré, montre de gousset, yeux chargés de khôl. Chacun de ses gestes transpire le jamais vu et la douceur. À l'époque de cette vidéo, Yassine n'était encore que l'artiste qui monte, surfant sur le scandale de sa première exposition, *Petite Séance de décolonisation*.

Lors du vernissage de l'exposition, à la galerie Kamel Mennour rue de Seine, il avait accueilli les visiteurs, nu, avec à sa taille une ceinture de bananes. Les pièces de cette exposition sont aujourd'hui mondialement connues : le portrait du président de la République en bon noir Banania, et surtout, son tableau le plus fameux, qui marqua le début de l'épopée inoublienne, *Le peuple guidant la liberté*. Dans ce détournement de la fresque de Delacroix, Yassine avait remplacé la femme dépoitraillée par une musulmane en hijab.

Sur la vidéo, vue une centaine de millions de fois, il est assis derrière Yassine, avec ses yeux tristes de juif, son visage de craie. Son visage est si jeune, les traits si purs qu'il a l'impression qu'ils ne lui ont jamais appartenu. Il a aussi cette assurance que confère la pratique de la boxe, le corps posé, lesté, économe de ses gestes. Il regarde Yassine, qui, pendant les dix-sept minutes que dure la vidéo, se retourne cinq fois vers lui. Ils appartiennent à la même famille des êtres inquiets et inextinguibles. C'est tellement évident qu'ils s'aiment, qu'ils ont grandi ensemble.

Il se souvient de ce qu'il pensait lorsqu'il voyait Yassine si nerveux avant le début de l'émission. « Yassine n'a pas d'adversaire à sa mesure. Sa pulsion de vie est supérieure à celle de tous les autres. Aucun de leurs couteaux jamais ne le coupera. » Tout au long de la Grande Dépression française, un type a grandi dans le 93, fait son miel de l'apartheid et de la laideur pour enfin, au nom de millions, transformer le ressentiment en art. Et rien ne pourra jamais altérer la radicalité de ce qui va surgir, là, au détour de la neuvième minute.

Le ministre de l'Intérieur est assis à côté de Yassine. Sur la vidéo, on le voit en train de prendre la parole, tout en maxillaires, en gestes tranchés. Il est le précipité chimiquement pur du politique français, avec sur le front, obscène comme un sexe, sa soif de pouvoir. La caméra cadre gros, ses traits, ses pattes poivre et sel, cette manière qu'il a de jaillir de son fauteuil lorsqu'il croit faire mouche. « La laïcité, messieurs, la laïcité, je me battrai jusqu'au bout pour la laïcité, qui est au cœur de notre pacte républicain, oui, vous avez bien entendu, au cœur même de notre pacte... notre paaacte... Je vais vous raconter une histoire... Dans ma bonne vieille ville de Poissy, vous savez ce que demandent certaines femmes musulmanes ?... Vous savez ce qu'elles demandent ? »

Et puis soudain, une main surgit dans le cadre et

s'empare de l'oreille droite du ministre. C'est Yassine qui se met à lui tirer l'oreille avec infiniment de douceur, comme à un enfant qui a fait une bêtise. Trois gardes du corps s'abattent aussitôt sur Yassine. Il en tombe un avant de disparaître dans une mêlée pleine de coups. On le voit, lui, derrière, en train de se lever, les mains ouvertes. Il se jette dans la bataille, descend plusieurs gars. Les caméras qui tremblent quittent le plateau pour suivre la bagarre dans les coulisses, de laquelle Yassine finit par émerger, le front perlé de gouttes de sang, sonné mais extatique. Lui est devant Yassine, tient en respect la meute avec des crochets larges. Il fait ce qu'il sait faire.

L'étoile de Yassine avait brillé très vite, un feu d'artifice tiré au-dessus d'un pays médusé. La France tenait son enfant prodigue, dont le style rapidement qualifié de réalisme minoritaire allait révolutionner les esprits. Le retentissement du geste de Yassine fut énorme. Il devint du jour au lendemain une sensation mondiale. En France, dans les pays européens, au bled, on refaisait son geste du tirage d'oreille. Le ministre ne se remit jamais d'une telle humiliation et se retira dans la baraque qu'il s'était fait construire sur l'île d'Elbe. L'exposition *Petite Séance de décolonisation* obtint un succès retentissant. Face au mépris, à la pulsion française de mort, à l'écrasement des multiplicités, Yassine avait mis en place un autre imaginaire, une pulsion géante de vie. « Nous fabriquons un cœur », disait-il souvent.

Yassine et lui se suivaient en âge et en appartement. À cette époque, ils vivaient dans le quartier Marx-Dormoy, au cinquième étage de cet immeuble dont il peut voir les fenêtres du café où il est assis. Ils n'avaient pas pu se séparer à la fin des études de Yassine, alors ils avaient décidé de vivre ensemble à Paris. Yassine avait insisté pour vivre en hauteur et avoir des fenêtres donnant sur la rue. Lui était boxeur à plein temps. Il préparait les championnats d'Europe de Budapest, pour lesquels il s'était qualifié en finissant troisième des championnats de France. Il avait quelques sponsors, dont l'équipementier Everlast et MeccaCola, le premier soda hallal, dont le créateur venait du Bourget. Il s'entraînait tous les jours. Sa technique compensait son relatif manque de puissance. Parfois, il faisait le garde du corps pour certaines personnalités étrangères en déplacement à Paris, de riches Américains, Russes, Qataris. Il les escortait dans les boutiques de l'avenue Montaigne et des Champs-Élysées, portait leurs sacs et le tour était joué. Yassine, lui, travaillait à sa prochaine exposition. Il créait vite, rêvait d'installations totales. Il avait transformé le salon en atelier, tapissant le sol de plastique, posant de grandes bâches contre les murs. Il peignait, lui boxait. Ils continuaient d'apprendre l'un de l'autre comme ils l'avaient toujours fait. Yassine testait ses idées sur lui. Il avait eu un mouvement de recul devant l'égérie voilée du *Peuple guidant la liberté*, avait pensé à son père, bouffeur de curés. Puis il avait compris, s'était décentré, faisant ce pas de côté par rapport à ce qu'il croyait être. Il avait réfléchi quelques instants en tant qu'homme non blanc athée, avait trouvé ça bon.

Leur appartement était ouvert aux humiliés, aux offensés, à tous ceux qui avaient mal à la France, et en ces temps-là, ils étaient nombreux à faire le déplacement jusqu'à Marx-Dormoy. Une jeune fille était même venue à pied depuis son village de Savoie. Elle devait avoir dix-sept ans, des yeux d'une poignante gravité, ressemblait à Sylvia Plath. Elle était restée quelques jours avant de disparaître. Yassine recevait en peignoir ou jogging, en fonction des heures de la journée. Il filmait chaque rencontre pour sa future exposition sur Internet, alors qu'une petite foule de punks à chien, de gars de banlieue et d'artistes faisait les cent pas au bas de leur immeuble. Yassine se mettait parfois au balcon et leur faisait un signe d'empereur, en Néron d'opérette.

Chacune des apparitions publiques de Yassine était

devenue un événement. « Bon client », il était invité à toutes les émissions de radio et télévision, des auges, dans lesquelles il se vautrait pour enfoncer ce qu'il y avait à enfoncer dans les crânes. Il se préparait comme pour des matches de boxe. Il faisait de la corde à sauter tout en testant ses répliques. Avant chaque émission, il se choisissait un personnage qu'il interpréterait. Caillera, grand bourgeois, bobo, converti, blédard, paysan, il maîtrisait tous les personnages du bestiaire français. N'être jamais là où il était attendu. Ne pas être celui qu'ils voulaient, être une nuée. « Je mets la France devant son caca et je ne m'arrêterai pas tant qu'elle n'aura pas nettoyé. » Il était dur et sans pitié parce que la France de cette époque était dure et sans pitié. Sa mère l'appelait parfois après une émission, affolée.

Les choses étaient devenues sérieuses avec Maboula. Elle était venue au vernissage de *Petite Séance de décolonisation*. Elle avait hurlé de rire en le voyant habillé en Joséphine Baker. Ils avaient échangé leurs numéros avec une précipitation de banlieusards. Elle parlait très vite, tout le temps, comme Yassine, comme s'ils avaient des années de silence à rattraper. Elle faisait une thèse à la Sorbonne sur le corps de l'indigène dans le roman colonial français et britannique. Elle portait une afro, des blousons en cuir cintrés à large col, des collants brillants noirs American Apparel. La rapidité avec laquelle les choses étaient allées ne l'avait pas étonné. Yassine voulait se ranger. Comme beaucoup de Méditerranéens, il avait un rapport difficile au sexe, il désirait les femmes tout en se haïssant pour cela. L'été le dégoûtait, la peau nue le mettait à cran.

Lui continuait de manger les femmes, sans arriver à satiété, laquelle reculait à chaque conquête. Il avait besoin de ces peaux et les orgasmes ressemblaient à certains K.-O. Il rencontrait désormais les femmes aux vernissages dans lesquels Yassine l'emmenait, commençait à baiser dans Paris. Il avait des femmes dans tout le 93. Rebeus, Renois, Blanches, une ronde de corps troués au même endroit. Il démontait après les matches de boxe, dans les pays étrangers. Dans les bordels glauques d'Ankara et de Bakou, aux odeurs de détergent et de parfums bon marché, il baisait des filles qui disaient juste : « *Russia, Russia.* » À chaque fois, il croyait tenir une jouissance neuve, retrouver l'éclat de l'orgasme fondateur.

Il sent la présence de Hannah dans ce café parisien. Elle est tout le temps avec lui, ancre son esprit. Le jour du départ, elle lui avait dit qu'elle laisserait son corps en friche, qu'elle ne s'épilerait plus, qu'elle ne mettrait plus ce rouge qu'il aime sur ses lèvres. Elle marcherait dans le voisinage, habillée comme un homme, avec des grands pantalons de toile, jusqu'à ce qu'il revienne. Il a encore l'empreinte de son corps contre le sien, sa chair d'une somptueuse douceur, entrée en résistance. Puis il avait porté au ciel leur bébé, au bout de ses bras, comme il imaginait que faisaient les pères au moment de partir. Un être s'est détaché de la foule. C'est la dernière personne qui lui reste en France. C'est elle, c'est Maboula.

4

My Own Private French Society, l'été de leur jeunesse et du sursaut.

Ils étaient quatre, Yassine, Maboula, Félix, un pote de fac de Maboula, et puis lui. Ils étaient partis en tournée pendant deux mois à travers la France pour *My Own Private French Society*, l'exposition totale dont Yassine avait rêvé toute sa vie. L'exposition devait laisser dans chaque ville traversée un parfum de scandale qui mit longtemps à retomber.

Félix était un intello antillais, chaussé de ces grandes lunettes que portaient les daronnes américaines dans les années 1980. Grand, sec, il portait toujours un costume trois-pièces, avec, chaque jour, une pochette différente. Il faisait une thèse sur les points de rencontre entre les œuvres de James Baldwin et de Gilles Deleuze. Il avait une autre qualité essentielle, il avait le permis de conduire. Ni Maboula ni Yassine ne savaient conduire. La hype avait entouré dès le début la tournée de *My Own Private French Society*. Un journaliste des *Inrocks* avait cavalé le long de la portière au moment du départ place Marx-Dormoy, un Blanc surlooké, avec de bonnes cannes, qui n'avait lâché prise qu'à l'entrée du périphérique. Maboula avait elle-même décidé du trajet qui passait par les coins oubliés du pays : cités, villages gangrenés par le Front national, camps de harkis, bassins miniers. La tournée avait commencé à Roubaix et s'était achevée à Aulnay-sous-Bois, sur le site de l'ancienne usine Peugeot.

Il se rappelle leur arrivée à Roubaix, les maisons basses en briques rouges, la foule blonde et arabe que la camionnette avait fendue jusqu'au centre-ville. Les hommes, en bras de chemise, portaient des fines moustaches, certaines femmes étaient vêtues de survêtements en éponge rose. Les enfants les montraient du doigt. Le murmure précédant leur passage avait pris de l'ampleur à l'entrée des zones périurbaines, pour devenir au centre de Roubaix une houle de cris indignés, de rires gênés, de grondements, d'applaudissements. Les enfants de la ville couraient à présent le long des portières, souriant à toute vitesse. Il était au volant, avec Félix à son côté, roulait lentement, veillant à ne pas renverser un piéton, écraser un pied, tellement il y avait du monde. Un Rebeu avait mis sa main sur la portière et les avait escortés au pas de course comme une délégation d'ambassadeurs. Des peaux de bananes en même temps que des fleurs avaient atterri sur le pare-brise, si bien qu'il avait dû actionner les essuie-glaces. La bronca était devenue énorme à l'arrivée à la MJC de Roubaix. Félix avait dû hurler dans le mégaphone pour parcourir les derniers mètres. Il avait eu du mal à ouvrir la portière, et, sitôt sorti, des grappes de Roubaisiens s'étaient accrochés à son bras, des mémés, des enfants, des jeunes gars, qui oscillaient entre incompréhension, colère et fou rire. La camionnette tirait une remorque, sur laquelle une cage grandeur nature avait été montée. Yassine et Maboula étaient à l'intérieur de la cage, nus, leurs parties intimes dissimulées par des peaux, enchaînés l'un à l'autre. Ils saluaient la foule derrière les barreaux avec de grands gestes. Quatre-vingts années plus tard, l'exposition coloniale était entrée dans Roubaix.

Ils firent la même entrée dans les trente villes de la tournée *My Own Private French Society*, du nord au sud, Dreux, Clermont, Vesoul, Grenoble, Gardanne, Marseille, envoyant à chaque fois un coup de jus dans les reins de ces villes. Leur caravane avançait sous les insultes, les cris de singe, les regards haineux, mais aussi les hourras, les youyous. Yassine s'était mis à filmer les réactions, mettant chaque journée une vidéo en ligne sous le titre *Regarde la France nous regarder.*

Dans les villes FN, ils étaient arrivés sous la protection de cordons de CRS. À Orange, dans les boulevards plantés de platanes, sous les épées du soleil, ils avaient été pris dans une émeute. Des barricades avaient été installées et des pierres avaient volé. Ils avaient investi le centre d'exposition dans des nuages de gaz lacrymo, avec les yeux qui piquaient. Il s'était attrapé avec deux gars, avait cogné.

Ça avait été en revanche le délire dans les cités, avec tous les habitants à la fenêtre, les petits qui avaient des étoiles dans les yeux parce qu'ils croyaient que le cirque arrivait chez eux. Il n'y avait ni lion ni clown à montrer, mais plutôt les bêtes sauvages du passé français. Au Neuhof, à Strasbourg, ils avaient été accueillis aux cris de : « Réparation ! Réparation ! » À Nantes, Yassine avait lancé depuis sa cage des mini-exemplaires du *Code noir*, à Neuilly-sur-Seine, il était monté sur le toit de la camionnette pour donner, avec une scansion de professionnel, un discours-fleuve en arabe. Les échauffourées éclataient en même temps que les embrassades. Des gens qui n'auraient jamais dû se rencontrer se rencontraient, s'invectivaient ou se tombaient dans les bras. *My Own Private French Society*, ou le désordre fécond, la révolte radieuse.

Ils montaient l'exposition en deux heures, et, à chaque fois, pour une nuit seulement. L'entrée était gratuite, les rafraîchissements offerts. Parmi les pièces de l'exposition, il y avait *Encéphalogramme plat*, cartographie des cinq cents noms qui faisaient le Tout-Paris. Ces noms disposés sur une grande surface plane étaient reliés par des flèches, que les visiteurs pouvaient allumer à distance. La confluence des pouvoirs en France dans les mains d'une poignée, le règne d'une caste devenaient alors saisissants. La série de photographies intitulée *Tous Afrikaners* montrait, elle, des familles blanches qui posaient devant leurs pavillons, alors que le sas de « désislamophobie » accueillait les visiteurs, avec une voix qui murmurait à leurs oreilles comme une cascade : « L'islam est une religion française, l'islam est une religion française, l'islam est une religion française. » Yassine allait et venait entre les installations, multipliait provocations, invectives, accolades. L'exposition tournait au meeting politique, à la prise de parole de tous sur tout. Des sujets aussi occultés que le legs colonial, l'identité des Blancs, l'apartheid territorial, la culture beauf et le FN comme sa continuation politique remontaient à la surface. *My Own Private French Society,* phénomène social total.

Dans le creux de l'été, l'exposition fut du pain bénit pour les médias. Yassine donna des interviews à des journalistes russes, ivoiriens, américains, de toute l'Europe. Un documentaire fut réalisé par une jeune réalisatrice danoise, que Felix finit par soulever, à son grand dam, le dernier soir à Aulnay. Yassine rabâchait ses doléances, comme il l'avait fait depuis son apparition face au ministre : prolifération des imaginaires, reconnaissance des identités, décolonisation des mentalités, jaillissement de la vie. *Once you create a space for talking, people talk*, avait-il affirmé au *Guardian*. Cette tournée avait fait souffler un vent d'optimisme. La France, l'homme mourant de l'Europe, s'était réveillée. Dans les replis du pays, des visages nouveaux travaillaient à des œuvres nouvelles.

Lui se rappelle d'abord les longs trajets en voiture à travers la France, à écouter la radio, des morceaux de rap, de la new wave anglaise, des vieux enregistrements de l'émission *Apostrophes* que Yassine stockait dans son iPod. Il avait eu un choc immense lorsqu'il avait découvert dans cet hôtel près de Mas-Thibert le documentaire *When We Were Kings* sur le combat Ali-Foreman à Kinshasa. Il avait aussi pris beaucoup de bouches au bout de ces nuits d'été, parfois le reste. Il allait vers les femmes qui ressemblaient à Sabrina, brunes, rentrées, méditerranéennes. Il se rappelle l'une d'elles qui venait du quartier de l'Alésia à Nice. Elle l'avait sucé puis, tenant son sexe dans la main, lui avait dit qu'il pouvait vraiment faire mal avec. Félix baisait beaucoup aussi. Il ressortait des chambres d'hôtel à l'aube tiré à quatre épingles, les lèvres encore humides.

Il se rappelle cette une de *La Voix du Nord*, « Roubaisiens : le grand n'importe quoi arrive dans votre ville », ce bled en Auvergne où Yassine s'était pris dans la tête une décharge de gros sel qui avait failli lui crever un œil. Des jeunes paysans avaient désarmé le tireur en gilet militaire qui avait tiré trois fois en l'air, à la renverse, hurlant : « Cassez-vous, les Arabes ! » Ils en avaient ri comme des baleines. Yassine s'était foulé le poignet pour éviter la décharge et, pendant leurs trois dates dans le Massif central, avait harangué les foules avec un bandage à la Beckenbauer. Ils avaient eu vraiment peur à Toulouse, quand les jeunes identitaires avaient vandalisé les installations. Ils étaient une dizaine très costauds, mauvais. L'un d'eux avait réussi à toucher Yassine à l'œil droit. Heureusement, des gars du Mirail les avaient mis en fuite. Cela avait été bouillant une fois aussi à Marseille, dans une MJC des quartiers nord. Des types aux cheveux ras teints en blond, portant une sacoche Lacoste en bandoulière, s'étaient promenés parmi les installations dans un silence menaçant. Des Arabes et des Blancs à la virilité houleuse, sur les visages desquels les cicatrices couraient comme des lézards. En partant, l'un d'eux, un grand Rebeu aux dents cassées, avait dit : « C'est méchant en fait. » Il se souvient aussi de ces femmes en niqab à Annemasse, de leurs petits rires effrayés lorsqu'elles avaient découvert l'exposition.

Tout lui revient avec une précision blessante. La fois où il avait observé Yassine à son insu, derrière la vitre de ce café de Nevers, en train de regarder ses doigts jaunis par la cigarette. Cette toute jeune fille, en robe d'été, qui était venue les voir un soir à Saint-Étienne, Rachida Meziane. L'arrivée à Marseille, cette gigantesque poussée de lumière venant de la mer, les bateaux pour l'Algérie et la Corse, posés au milieu de la Méditerranée comme sur une plaine de ciment. Dans cette ville, aux antipodes du Bourget, la lumière se portait en diadème. Et puis le corps fastueux de Maboula en surimpression des villes de province, les discussions abandonnées la veille pour être reprises le lendemain, les phrases crues de Félix, les yeux de Yassine, à la Picasso.

Maboula a changé. L'âge est sur elle. Elle a pris du poids, et, pourtant, son corps semble avoir perdu en densité. Sa silhouette est moins prise, les traits de son visage moins nets. Il y a aussi le début d'un affolement dans ses gestes, dans la manière dont elle fouille son sac. Elle porte maintenant ses cheveux en rasta, avec des racines toutes blanches, comme de la neige. Elle a vieilli pendant toutes ces années en Amérique. Ici ou là-bas, la mort est sur eux, un tireur posté à toutes les fenêtres qui ne les lâche jamais.

Ils se sont étreints. Ils sont maintenant face à face, avec de tous les côtés, montant de la ville comme une marée, cette joie qu'ils n'arrivent pas à entièrement goûter. Maboula est vêtue tout de noir, avec un grand châle sur ses épaules. « Le voile du chagrin », dit-elle. Ils prennent le passé par son seul bout désormais, cet homme mort qui les unit à jamais.

– J'étais là quand c'est arrivé. Bien sûr. On était toujours ensemble, toujours amoureux. Yassine est mort dans mes bras. Avec une incompréhension dans les yeux qui me fait mal... mais voilà, Allah a décidé, Dieu est grand, même s'il n'est pas toujours juste, c'est comme ça, Yassine a eu quelques secondes de conscience avant de mourir... Je ne sais pas ce qui aurait été mieux... C'est très dur, mon Dieu... très dur...

– C'était au Parc, c'est ça ?

– Oui, dans les loges, quart de finale de la Ligue des champions, ou la demi-finale, je sais plus, tu sais la balle... Tout le monde était là, toute la famille, des gars du Bourget, des meufs de chez moi de Poissy, les investisseurs avec lesquels Yassine avait monté sa chaîne de télévision, Dupeyrere, tu sais, il y avait aussi l'entourage des joueurs du PSG, Rabiot était là... Il venait juste de prendre sa retraite, après un troisième ou quatrième ballon d'or, je ne sais plus... Il portait un manteau de fourrure blanc, on aurait dit un tsar, tout le monde était là, toute la banlieue, toute la famille quoi, il y avait beaucoup de petits aussi, des ados, qui sont les électeurs de Meziane d'aujourd'hui... Putain, c'est quand même énorme ce qui arrive, je fais la blasée mais bon, c'est du lourd... Ah t'as vu comme je fais tout pour pas parler de Yassine, pour esquiver, je peux pas en parler, ça fait cinq ans maintenant, putain, et je n'arrive toujours pas à en parler... C'est juste pas possible...

La dernière fois qu'il l'avait vue pleurer, c'était la veille de son départ pour New York. À l'époque, des gars de l'extrême droite attendaient dans leurs voitures qu'ils sortent et des potes à eux de Brossolette devaient filtrer les entrées en bas de l'immeuble. Une proposition de loi demandant sa déchéance de la nationalité française avait été déposée par un député UMP. Toute la ville était électrique. La soirée avait plus tenu du conseil de guerre que de la cérémonie des adieux. Maboula avait craqué, s'était excusée, en bredouillant qu'elle était une meuf. Lui aussi aurait aimé pleurer mais n'y était pas arrivé.

– Excuse-moi, j'en étais où... Ouais, tout le monde avait fait des bébés, une épidémie, les petits grandissaient, normal, Ibrahima était dans sa poussette, il avait même pas quatre ans à l'époque, Yassine ne le quittait pas des yeux, il était tellement fier d'être père... C'est incroyable mais je peux me rappeler de chaque enfant présent ce jour-là, de ce que les bonshommes portaient, les odeurs des parfums des meufs, j'ai cette fresque dans ma tête, intacte, grouillante de détails, j'étais à la gauche de Yassine, et à sa droite, il y avait ce Renoi qui est maintenant directeur de *Libé*, Thomas Ngog, tu vois qui c'est, un très bon pote de Yassine, même si moi je trouvais qu'il se la jouait un peu... Il était avec sa meuf, une belle gosse juive, à sa gauche... Devant, dans le siège en dessous, il y avait Rabiot, avec sa taspé, un mannequin, et à côté Dupeyrere, enfin, voilà, on était là, on était nombreux, Yassine blaguait avec tout le monde, comme d'hab, complètement hystérique, il avait l'énergie vitale d'une cour d'école...

Elle réajuste son châle. Elle regarde par la vitre du café un peu de cette grande journée en train de passer.

– Tout lui réussissait, tu sais son centre d'exposition permanent à Gennevilliers cartonnait, il avait enfin bouclé la levée de fonds pour sa chaîne de télévision, il était dans les temps, parfaitement dans les temps... Il avait aussi un autre projet d'exposition, il voulait revenir à la peinture, mais une peinture très classique, peindre le réel d'aujourd'hui comme Nicolas Poussin, et puis le PSG était tout près de se qualifier pour la finale, on était bien, le monde tenait... Pourtant, ce soir-là, je sais pas pourquoi j'ai senti quelque chose de chelou, j'avais une vibe bizarre, les femmes sentent ces choses-là, au point, je m'en rappelle, j'ai dit à Yassine à la mi-temps qu'il y avait un djinn dans les tribunes, il a ri, toute sa vie il avait voulu voir un djinn, et puis il a dit sa phrase préférée...

– Laquelle ?

– « Qu'est-ce que c'est bon d'être nous. » Il disait toujours ça quand il était heureux, quand il sentait l'amour, le nombre, autour de lui, et c'est vrai qu'il était bon d'être nous. Tu es parti au mauvais moment, juste au moment où tout changeait, enfin, Meziane, tout ça, on savait que cette fois, on irait au bout, qu'on serait un jour bien en France et que les émeutes, ton geste, pas plus que la moitié des œuvres de Yassine, ne seraient plus jamais nécessaires, nous étions en train de gagner, c'était aussi simple que ça. Mais franchement, il n'y avait aucun péché d'orgueil de notre part, nous obéissions au cours des choses... Je n'ai jamais vu Yassine coupable d'impudence, mieux que quiconque, il savait que toute chose est entre les mains de Dieu... Et puis d'un coup je vois ce type...

– Pirandelli ?

– Ouais, ce fils de chien, je l'avais repéré. Un Blanc baraqué, crâne rasé, pas très grand, vêtu de la parka orange de steward du PSG. J'avais accroché son regard un peu avant, en mettant Ibrahima dans sa poussette. Il avait un regard chelou, grave dur, qui détonnait avec l'ambiance love qu'il y avait dans la loge, tu vois. Puis j'ai zappé, j'ai plus calculé, je me suis dit : « On est entre nous, il n'y a que des frères et sœurs ici. » J'aurais dû faire gaffe, putain...

Il n'a jamais pu supporter les pleurs des femmes. Pendant longtemps, il n'avait pas su pourquoi. Puis, aiguillé par Hannah – qui pulvérisait du pesticide sur ses souvenirs, revenant sans cesse à la charge –, il avait retrouvé la source. Les pleurs de Sabrina sur le quai du métro de la ligne 7. Depuis, les larmes des femmes le mettaient en rage, comme les traînées de sang ont cet effet sur les requins.

— Il était de dos, deux rangées de sièges en dessous de nous, contre la vitre, en train de regarder le match, on était dans le dernier quart d'heure, il y avait de la tension, on allait vers les prolongations, il nous fallait un but. Moi, je me disais juste qu'il fallait que je couche Ibrahima, je pensais même à partir, et là, je sais pas pourquoi, je regarde dans sa direction et je vois qu'il s'est retourné, qu'il fixe Yassine, avec une haine tu peux pas savoir, il avait un visage de pierre, tout blanc, je veux crier, je sens la peur qui me casse les bras, les jambes, tous les os, comme un marteau, il a un calibre ce chien, il a déjà remonté une rangée de sièges, c'est trop tard, il a tiré sur Yassine... Pfff...

Elle plante ses deux coudes sur la table puis s'enfouit le visage dans les mains. Lui a les lèvres toutes blanches, le visage décoloré.

— Trois détonations, ploc, ploc, ploc, la fumée autour du canon, et puis tout qui sombre, la panique, les cris, les enfants qui hurlent, le manteau de Rabiot taché de sang, la pelouse est vide, tout le monde fuit, je sens des corps qui rampent sur moi, je suis contre Ibrahima,

j'attends que cette putain de folie s'arrête, puis j'entends
des voix de bonhomme, rauques comme des chiens,
des bruits de coups, bah, bah, bah, ils sont en train
de maraver Pirandelli, je commence à reprendre mes
esprits, je vois Yassine penché de mon côté, sa tête est
contre l'accoudoir de mon siège avec tout ce sang, je
l'avais perdu au milieu de la panique, j'entends un filet
de voix : « J'ai mal, Maboula, j'ai mal… » Ce furent
ses derniers mots, puis son teint est devenu comme de
la cire, les gouttes de sueur ont séché d'un coup sur son
front, c'était fini…

Il avait vu les funérailles de Yassine de New York sur
Internet, avec les bras de Hannah autour de ses épaules.
Il lui avait été impossible de se rendre à l'enterrement
de Yassine. Il avait été enterré très vite en Algérie, selon
le rite musulman. Il ne sait d'ailleurs pas s'il en aurait
eu l'estomac, il était encore fragile. La dépouille de
Yassine avait été portée par la foule immense à travers
le 93 depuis La Courneuve jusqu'à l'aéroport Charles-
de-Gaulle. Au Bourget, c'était une mer qui avait déposé
le cercueil de Yassine au milieu de la cité Brossolette.
Maboula était en tête du cortège, avec de grandes lunettes
de soleil, Ibrahima sur les épaules. Il avait reconnu
quelques visages puis son pavillon lorsque le cortège

avait emprunté la rue du Docteur-Cauvin. Il avait serré très fort la main de Hannah. On avait parlé de cent mille personnes. Meziane marchait anonyme, le visage sévère, dans l'épais du cortège. Les habitants du 93 rendaient hommage à leur enfant. Les juifs déposaient des petits cailloux autour du cercueil, les musulmans et chrétiens murmuraient des phrases sacramentelles, les athées fixaient le vide en pleurant. Puis, à la brune, une longue voiture noire, avec à son bord la dépouille de Yassine, avait fendu la foule, dans le silence. Le 93 était devenu une cathédrale. Il avait été enterré dans un cimetière près de Tipaza, au côté de son père et d'une sœur morte en bas âge.

Après, il avait marché avec Hannah, dans leur jardin à Charlotte, avec une lenteur de processionnaires. Il ne lui avait pas lâché la main. *This is it. This is it.* Il avait les yeux baissés jusqu'à ce qu'il la regarde. Hannah avait ses cheveux d'été, très blonds, desquels émanait une clarté.

– Pirandelli ?

– Il s'est fait défoncer grave. Rabiot lui a sauvé la vie. C'est lui qui a arrêté les gars. Ils l'auraient tué sinon. Il est en zonzon maintenant, perpète, qu'il crève.

– L'ultradroite, c'est ça ?

– Ouais… Yassine recevait tout le temps des menaces,

des lettres, des coups de fil, tu te rappelles ce qui s'était passé à Toulouse, mais jamais on n'aurait pu croire qu'ils iraient jusque-là, jamais. Pour moi, l'extrême droite est responsable, tous ces groupes ultraviolents ont proliféré à l'ombre de l'extrême droite. Sa chef a fait un jeu de mots abominable à la mort de Yassine, genre Inoubli, le droit à l'oubli, un truc comme ça, immonde...

– Elle est finie de toute façon.

– Ouais, quelle sorcière. En deux, trois ans, elle est devenue complètement parano. À ce qu'il paraît, elle hurle dans les rues de voter pour elle parce qu'elle a les codes nucléaires... Mais il y a pire que ça. Ils ont essayé de faire croire que c'est un islamiste qui a tué Yassine, que Pirandelli était en fait un Blanc converti à l'islam, qui avait rasé sa barbe la veille de l'attentat, tu vois le délire, chaud, un magazine a même sorti des photos où on voit Pirandelli avec une barbe, un trucage en fait, la parano complet...

L'attentat changea beaucoup de choses sur le long terme. Les réseaux de l'ultradroite furent démantelés, le FN massivement rejeté. Meziane, que Yassine avait adoubée, apparut aux yeux des Français comme ce qu'elle était : l'une des leurs. Mais au lendemain de l'attentat, alors que tout le monde croyait que Pirandelli était un islamiste, les islamophobes, nombreux en France à l'époque, s'étaient déchaînés.

– On a appris la vérité une semaine plus tard. Beaucoup de mal a eu le temps d'être fait. Ils ont utilisé la mort de Yassine pour salir les *muslims* français. Ils ont fait des descentes dans les milieux intégristes mais aussi dans les mosquées qui n'avaient rien à voir. Ils arrachaient les voiles aux femmes pour voir si ce n'étaient pas des bonshommes. Du grand n'importe quoi. Ma propre mère, qui a quatre-vingt-deux ans, s'est fait sortir cash de sa mosquée dans le Val-d'Oise, hallucinant, ça m'a dégoûtée, franchement j'ai songé à me casser. Et c'est là que Meziane a prononcé son fameux discours sur la France et l'islam à l'Assemblée nationale…

– Celui dans lequel elle dit : « La France et l'islam sont une seule main » ?

– Ouais, c'est ça, dans ce discours elle dit aussi que l'islam est dans la République depuis 1830, que l'islam n'est pas une question. C'est tellement beau de dire cela, à ce moment-là, son verbe est extraordinaire. Elle a fini sous les applaudissements de tous les députés, à tout rompre. Ça a commencé à se calmer et puis la lettre de revendication des identitaires est arrivée au site de *Mediapart*… Quelle putain de parano, t'as pas idée, mais je crois que c'était le dernier accès de cette maladie infantile qu'a été l'islamophobie. Tu sais bien que Yassine était pratiquant mais qu'il ne parlait jamais de religion...

– « Parle-t-on de l'air que l'on respire ? », il disait tout le temps...

– Exactement. C'est quand même dingue qu'ils aient cherché un bubard comme assassin alors que c'était juste un facho de base.

Maboula a retrouvé un visage calme. Elle sourit. À cet instant, Yassine est en eux, vivant. Il l'est chaque fois qu'ils parlent d'art, du Bourget, de ses œuvres décolonisatrices. Il est vivant chaque fois qu'ils regardent une grue de chantier. Pendant deux jours, Yassine s'était suspendu en haut de cette grue du chantier des Halles à Paris. Une performance par laquelle il voulait « prendre de la hauteur » par rapport à la nullité crasse du débat public français. Il voulait aussi dénoncer les premiers responsables, les relais de la pensée beauf, les appareils identitaires d'État comme il disait, ces radios et ces chaînes de télévision qui multipliaient saillies racistes, misogynes, antiquartiers et bien sûr anti-islam. Leur grande frayeur lorsqu'il avait fait mine de tituber...

– C'est incroyable, ce qui se passe aux States ?

– C'est très chaud, bouillant même, mais tellement

libérateur. C'est comme nous à l'époque, une fois que tu as identifié le mal, tu ne peux que vouloir le combattre.

— Ces maladies, ces décès, ces enfants qui meurent, ça doit forcément venir de quelque part, LeBron Parks est un visionnaire, franchement, Yassine l'aurait kiffé, ils sont vraiment forts, les Cainris, par rapport à eux, notre combat à nous était au fond tellement d'arrière-garde... Au fait, personne ne t'a reconnu depuis que tu es arrivé ? Tu es devenu un héros maintenant, tu sais, avec Meziane, tout ça, tu dois être fier, tu te rends pas compte, ton geste a eu un putain d'impact, venant d'un Blanc surtout, c'est fou ce que les temps ont changé, et dire que c'est pour ça que tu es parti...

Il se sent respirer. Le chemin parcouru depuis douze ans, depuis cette nuit d'effondrement, apparaît devant lui, déplié. Les mâchoires collées l'une contre l'autre par la peur, son front contre le froid de la vitre de l'appartement de Marx-Dormoy. Il était rentré de Moscou une semaine auparavant. Il s'était terré depuis, n'était pas sorti une seule fois, Yassine faisant les courses. Et puis il y avait eu cette nuit. La place Marx-Dormoy était vide. Les types du kebab ne bougeaient plus, le flot de voitures autour du rond-point s'était tari. L'immobilité avait tenu une vingtaine de minutes, jusqu'à ce que surgisse un adolescent rom avec un grand sac dans une main, un crochet de boucher dans l'autre. Il avait déchiré les poubelles du restaurant chinois, près de la poste, avant de disparaître par la rue Doudeauville. La crise d'angoisse avait duré toute la nuit, par vagues. De son esprit dévoré – une minuscule étoffe de raison au-dessus du feu – avaient accouru des forces qui voulaient le détruire. Maboula et Yassine dormaient dans la chambre à côté. L'oreille collée à leur porte, il s'était accroché à leurs respirations régulières.

Un mois auparavant, il avait reçu le coup de fil redouté. Sa mère était tombée dans le jardin du Bourget. Crise cardiaque. Il avait eu l'impression d'être une statue déboulonnée qui tombait à terre, dans des nuages de poussière. La dépression ne l'avait plus lâché. À l'enterrement, dans ce cimetière breton, il était une larve aux yeux aveugles, craignant la lumière. Il était rentré, seul, par la route, en longeant la côte, puis en obliquant au Havre vers Paris. Devant les blockhaus construits par les Allemands, il avait poussé un cri.

Il n'aimait personne à l'époque. Il trouvait les Françaises sèches, petit bras en amour. Il voyait bien une attachée de presse parisienne, qu'il baisait avec un goût lassant de revanche. Tout le dégoûtait en elle, son teint de cendrier, ses pantalons en cuir, son appétit de culture comme une créance sur la société. Il l'avait pourtant appelée deux jours après l'enterrement. Il avait eu besoin de secours, n'arrivait plus à marcher. Elle avait voulu le rencontrer à une terrasse bobo du 11ᵉ. Il avait refusé. Elle n'avait eu que des paroles d'usage, s'était plusieurs fois recoiffée. Au lit, il avait manipulé son corps comme un sac de terre. Se sentant débander, il avait continué. Alors qu'il croyait jouir, il avait remonté son corps comme un crabe pour mettre son sexe à hauteur de son visage. Mais il lui avait pissé dessus. Cette méprise lui avait arraché un mauvais rire dans le taxi, où, débraillé, le corps flottant, elle l'avait jeté.

Cette nuit-là, pendant que l'angoisse lui mangeait le cœur, ce genre de détail lui était revenu. À un moment, il avait pris le tapis de prière de Yassine et de Maboula, s'était agenouillé mais n'avait pas réussi à se prosterner. Être à genoux lui avait fait du bien, alors il s'était allongé contre le carrelage de la salle de bains, comme il faisait toujours enfant lorsqu'il avait mal, pour le froid contre la peau, la sensation physique qui prend le meilleur. Il s'était dit que jamais plus il ne pourrait sortir dehors, que la mort y paradait, tordant les poignets des hommes et des femmes. Il fallait mettre de la distance entre le chagrin et lui. Au bout de la nuit, il avait décidé de quitter la France, ce champ de tir, où les siens étaient tombés les uns après les autres.

– Tu es maintenant ce que tu as toujours voulu être, un immigré, Yassine disait tout le temps ça de toi, un immigré doublé d'un putain de héros, tu nous manques, gars…

Le silence se refait entre eux. Leur conversation a été la trêve d'un silence de cinq ans qui va maintenant reprendre. Entre deux flashes d'information, la radio diffuse une chanson de Barbara. Un frisson d'une élégance inouïe parcourt la terre. Ils regardent une dernière fois leurs visages. Ils n'en auront plus d'autre. Au-dehors, la foule continue de couler vers la bouche de métro, lente comme une larve.

5

Sa libido avait explosé en Amérique et c'est ce qui l'avait sauvé. À New York, le désir se tient à chaque coin de rue, crâne comme un voyou. Un nuage d'odeur de poulet frit et de sexe flotte au-dessus de la ville. Trois mois après son arrivée, il n'avait pas débandé. Il était parti à New York, parce que c'était un haut lieu de boxe et qu'il connaissait une copine du Bourget là-bas, Houaria. Il l'avait contactée par e-mail. Elle avait dit : « Oui, bien sûr, tu viens quand tu veux, tu es la famille. » Il ne devait partir que trois mois.

Yassine l'avait accompagné à l'aéroport. Yassine portait un pantalon à pinces, une chemise bleu électrique. Ses cheveux étaient blond paille. Il venait de vendre sa première œuvre à un collectionneur chinois, empochant un beau pactole au passage. L'idée d'ouvrir un centre d'exposition permanent quelque part en banlieue germait en lui. Son art consistait à piller le passé, à recouvrer les armes qui y avaient été forgées pour les utiliser au temps présent. Au fond, le génie de Yassine avait été de ne rien inventer. Il avait eu cette humilité-là. Il voulait faire en banlieue ce qu'avait été la Factory à New York, le lieu d'un rayonnement artistique presque insoutenable. Il en parlait avec passion, avec les mains qui volaient autour de lui. Il l'écoutait. Il aimait tellement quand Yassine parlait. Lui portait une cagoule, des lunettes de soleil pour que l'on ne le reconnaisse pas. Yassine lui avait dit que c'était cool, cette indignité nationale qui le frappait. *Dreyfus style*, il kiffait. Même si les gestes d'hostilité étaient rares à son endroit, comparés aux marques amicales, il n'aurait pu se défendre contre un mot. Le RER était passé devant Le Bourget. Ils avaient vu les toitures en tuiles rouges des pavillons dépasser des haies, les tours de Brossolette, au second plan. Ce jour marquait une date clé de leur amitié, de l'antiquité du Bourget à aujourd'hui. Ils s'étaient fait un check rapide des mains pour se dire au revoir, la gorge nouée. Au bout de son bras droit, sa valise pesait des tonnes. Il allait dire quelque chose de sentimental lorsque deux employés de Roissy, des gars de banlieue, leur avaient crié : « Wesh les frères, vous déchirez, représente », en se mettant la main sur le cœur. Yassine avait disparu, retrouver dehors le grand destin qui l'attendait. Lui avait embarqué. Il disparaissait, reprenant toutes ses traces, laissant une table rase.

À New York, il avait habité à Bushwick, Brooklyn, chez Houaria. Le quartier était desservi par une ligne aérienne qui reliait le Queens et Brooklyn à Wall Street. La première fois qu'il était entré dans Brooklyn depuis Manhattan par le pont de Williamsburg, il avait eu l'impression de pénétrer entre des cuisses. Il était arrivé au début de l'été, par un temps de canicule. La ville était une boule de feu qui se figeait dans l'air conditionné des métros.

Houaria était partie en Amérique, en pionnière, avant les émeutes de 2005. « La France, je ne pouvais plus. » Elle travaillait la journée dans une boulangerie française dans l'Upper West Side. Ils se retrouvaient le soir comme les dissidents exilés d'une dictature. Chaque fois qu'ils en parlaient, ils entraient dans une rage folle. Elle avait suivi leurs aventures à Yassine et lui et ça l'avait rendue fière. « C'est tellement fou ce que tu as fait, tellement beau, tu te rends pas compte. Y a grave de gens qui en ont entendu parler, si tu crois trouver l'anonymat ici, tu te trompes, mon frère. » Et c'est vrai que le douanier à JFK l'avait regardé d'une drôle de façon avant de tamponner son passeport. Houaria lui faisait à manger. « Je suis une bonne Rebeu, tu vois. » Elle ressemblait à une prostituée juive dans un tableau de Toulouse-Lautrec. Une tête spectaculaire avec des traits taillés à la serpe, des yeux noirs et une bouche éclatée comme un fruit mûr. Elle lisait des romans à l'eau de rose qu'elle empruntait à la bibliothèque de Brooklyn à Grand Army Plaza. Elle n'avait pas d'amour et il n'aurait pu être celui-là. Ils étaient frère et sœur. Elle vivait avec une colocataire américaine qui n'était jamais là. Elle partait tôt le matin, son parfum restait longtemps dans les escaliers.

Les premiers jours, il s'était réveillé avec un sentiment de terreur. Les nuits ressemblaient à des forêts qu'il traversait à pied, de la neige jusqu'à la taille. Il sortait aussitôt qu'il était réveillé. Il longeait un terrain vague au milieu duquel pourrissait une machine à laver. Il entrait au Dunkin Donuts, au croisement de Broadway et de Halsey Street sous la ligne de métro J, commandait un latte sucré comme de la barbe à papa. Tout le personnel était originaire du Bangladesh et portait des casquettes de couleur vive. Posté derrière la grande baie vitrée donnant sur Broadway, il détaillait la proposition esthétique du dehors avec un merveilleux sentiment de voyeur. Les mères de famille aux ongles longs comme des griffes, le Guinéen qui vendait des maillots de corps devant une bodega, les jeunes Noirs du ghetto dont la démarche chaloupée, l'anticorps, tout en épaules et en hanches, lui rappelaient les gars de chez lui, au Bourget.

Chaque fois que ses pensées revenaient en France, il se mettait à courir pour s'arrêter quelques *blocks* plus bas, hors d'haleine. Il s'était remis à fumer, aimait quand son visage disparaissait derrière la fumée. Il se masturbait beaucoup, partout, chez Houaria, dans les toilettes publiques, dans les wagons déserts du métro. Il avait l'impression d'inciser son corps et que le sperme coulait de lui comme du caoutchouc. Il avait devant lui ces longues plages d'absence jusqu'au retour de Houaria, prenait des lignes de métro jusqu'à leur terminus, pour les reprendre dans l'autre sens. Il avait passé l'entièreté de ses premières journées dans ces rames spacieuses et fraîches à s'épuiser.

Il s'était rempli de détails, la manucure de cette gamine de huit ans, un tatouage courant sur un bras de femme, une église de pain d'épice à Bedstuy, l'emballage bleu du *New York Times* devant les maisons. Il avait le temps, était anonyme. Personne ne l'attrapait par la

111

manche, ne lui emboîtait le pas, ne l'insultait ou ne lui donnait une bourrade dans le dos. Il n'était familier avec personne, parlait mal anglais, comprenait un mot sur deux. Il trouvait que les Américains étaient des grands enfants, obsédés par la nourriture. Il aurait tout donné pour leur insoutenable manque de gravité. Il évitait les endroits touristiques pour ne pas croiser les Français qui envahissaient la ville comme des nuées de criquets. Un jour, un Français lui était rentré dedans à Times Square, sans s'excuser. Il avait un guide à la main, des chaussures de randonneur, un air effaré. Il avait eu l'envie de le prendre par le col, puis avait vu ses deux enfants en bas âge. Sa femme avait un visage de Française, un fruit sec.

Sur son petit balcon qui donnait sur la rue, il avait parlé à Houaria de ses histoires d'amour et des Françaises. Elle s'était vexée, ne se reconnaissait pas dans le portrait à charge qu'il dressait d'elles. Depuis le toit de la maison en face, un Portoricain et son fils lançaient des pigeons vers le ciel, alors que rôdait une lumière qu'il n'avait vue aussi belle qu'à Marseille. « Tu n'as jamais rencontré la bonne Française, c'est pour ça. »

Il avait parlé de Sabrina de manière détachée, incidente. À sa grande surprise, Houaria la connaissait.

« Sabrina Amiri ? Une belle gosse de Drancy, de notre âge, d'origine algérienne et marocaine et qui faisait de la boxe thaïe ? » Oui, c'est ça, c'est elle, enfin c'était elle, d'aussi loin qu'il s'en souvienne. Elles avaient une bonne amie en commun. Elles s'étaient croisées quelquefois au Bourget il y a longtemps. Houaria l'avait aussi rencontrée par hasard au bled, à Constantine, dans un café pour immigrés. Elle vivait là-bas avec un Rebeu, qu'elle avait rencontré, disait-elle, sur Internet.

– Le gars a découvert la religion dans un paquet de lessive, et du jour au lendemain, il a décidé de partir en Algérie et de vivre comme les premiers slims, tu vois le délire, grave rigoriste, chelou…

– Et Sabrina, comment était-elle ? Raconte, elle me manque.

– Très pieuse, à fond dans le din, hijab et tout. Elle avait abandonné la boxe, elle avait grossi, je trouve. Je n'ai plus de contact avec elle, elle a fermé sa page Facebook, c'est son délire, je respecte, mais il y avait un truc vraiment fou…

– Quoi ?

– Elle a eu un enfant avec ce type.

Il s'était étranglé.

– Le petit était tout à côté d'elle ce jour-là, dix ans peut-être, un enfant avec une peau et des cheveux clairs, comme un Bylka, très beau, il ressemblait à l'enfant dans ce film de Visconti. Mais il y avait quelque chose de triste dans son regard, je sais pas, à moins que ce ne soit moi qui étais triste ce jour-là. Il avait un appareil photo à la main, ne le lâchait pas, faisait que prendre des photos avec. Elle lui parlait en français. Elle avait l'air de galérer en arabe.

– Comment elle était, à part ça ?

– Bien, sereine, habitée par la foi. Toujours belle gosse.

Il avait repensé à la peau de Sabrina, à la force de son désir, équivalente au sien, sa bouche dans la sienne comme une petite serre d'oiseau. La manière aussi dont ils faisaient l'amour, toute obscénité bue.

Il suivait les activités de Yassine sur les sites web des journaux français. Le centre d'exposition permanent qu'il avait ouvert à Gennevilliers connaissait un grand succès. Tout ce que Yassine touchait se transformait en or, la comète Inoubli passait dans le ciel avec infiniment de lenteur. La soirée de lancement avait été diffusée en direct sur Internet. La jeunesse française qui avait mûri pendant ces années de plomb s'y était donné rendez-vous dans un déchaînement de musiques, de dégaines, de manières d'être, de croire et de plaire. Toute la nuit, des rivières de jus d'orange et de Coca pour les *muslims*, de champagne pour les autres, avaient coulé. « Le Parlement de la France cool », avait crié Yassine à la caméra, les joues rouges. La politique française faisait elle aussi sa mue, changeant littéralement de peau. Il avait suivi l'entrée de Rachida Meziane à l'Assemblée nationale, en même temps que deux autres députés du PMD. L'émotion avait été indescriptible. Ils étaient entrés dans l'hémicycle sous la haie d'honneur des huissiers et des femmes de ménage, pour, une fois à l'intérieur, être accueillis par des bordées de sifflets. Aux États-Unis, son second pays, il ne se passait en revanche rien, mer d'huile, à perte de vue.

Les femmes étaient sa grande affaire, son obsession depuis Sabrina, les seuls événements. La nuit venue, pendant que Houaria dormait, il s'introduisait dans les bars comme une panthère. Il traînait dans les pubs irlandais de Murray Hill à Manhattan, des porcheries où les hommes en chemise à carreaux étaient débités à la chaîne. Les femmes avaient, elles, des visages d'un éclat chimique et des corps comme des barils d'hormones. Il y avait trop de lumière, trop de bruit pour qu'il leur parle et sa carrure, son visage de cendres pouvaient inquiéter.

Il était plus à l'aise dans les bars de Brooklyn, où les éclairages étaient à la bougie et les femmes ardentes. À leur contact, son désir devenait si violent qu'il sortait parfois fumer ou s'enfermait dans les toilettes. Il était attiré par les corps les plus nus, les bouches les plus rouges, les regards effrontés. La vulgarité le bouleversait au plus haut point. Invariablement, en dévisageant les femmes, il se sentait mal, une boule d'électricité et de honte, là dans le ventre. Puis il commençait à leur parler et ses mains cessaient de trembler. Il les écoutait longuement avant de mettre sa langue dans leur bouche. Il recueillait leurs bribes d'un réel américain qui semblait charrier une jouissance et une dévastation terribles. Combien de récits sur l'ennui adolescent, la dépression, déchirés seulement par les éclairs du sexe, de la drogue, des voitures à six. Elles lui racontaient leur fuite du Midwest et leur arrivée à New York avec leurs bois sur la tête. *The Midwest is pure despair. Everyone my age is already married with three kids by now.*

Il lui semblait pourtant qu'il aurait dansé, lui, partout dans le pays.

Il ne disait rien, opinait à tout ce qu'elles disaient, ne connaissait parfois même pas leurs prénoms. Il évitait les questions, ne se voyait pas répandre l'encre qu'il avait en lui. Il regardait leurs mains, leurs bouches, leurs cheveux, la délicatesse de leurs attaches. Il les buvait comme des calices. *Very pretty.*

Il finissait en général dans des chambres remplies de bougies et de livres pointus, avec des dizaines de sacs à main accrochés derrière la porte. Il mangeait le corps de ces filles autant qu'elles mangeaient le sien. Des seins, des bouches, des peaux, auxquels les tatouages et la langue anglaise donnaient une patine nouvelle. Il aimait aussi le côté décisif de leur désir. Aucune d'elles ne comptait. Les Américaines se donnaient comme aucune Française ne s'était donnée. Le sexe était pour elles ce qu'il devait être, une denrée de première nécessité. Puis ils s'endormaient, rejetés loin l'un de l'autre. Il s'était depuis longtemps habitué à la gêne du matin. Une fois dehors, il avait des larmes aux yeux quand il partait de chez elles et que son sexe le lançait dans les rues nouvelles. Chacune de ces femmes l'avait en tout cas relevé, remis debout. Après trois mois à New York, il avait reconstruit la moitié de ce qu'il avait été.

New York lui donnait toujours faim, de viande, de graisse, de friture. Il mangeait en ne pensant à rien, concentré sur l'acte de mastiquer, de dépouiller la nourriture de ses nutriments. Des repas à cinq dollars dans des *diners* latinos du Queens, des restaurants haïtiens de Flatbush. Il vivait sur les économies de ses combats et de ses anciens sponsors, qui l'avaient naturellement quitté. Il avait de quoi tenir un an, après il verrait, s'il arrivait jusque-là.

Il fixait les choses et les gens pendant des heures : une pile d'ordures au pied d'une bouche à incendie, une jeune Blanche vêtue d'une fourrure, un coursier mexicain. Il s'allongeait comme une pierre au milieu des parcs, buvait la lumière du soleil jusqu'à la dernière goutte. Puis il rentrait chez Houaria. En chemin, il s'arrêtait à Broadway Junction, dans Brooklyn, le plus bel endroit de New York selon lui, avec ses trois lignes de métro aérien enchevêtrées. Il remontait ensuite Broadway jusqu'à Halsey Street, suivant un rituel qui le faisait passer devant la cité de Chauncey Street. Il regardait alors les types jouer au basket sur le petit terrain grillagé. Il n'avait jamais vu des corps aussi forts, faisant trembler les rues tout autour d'eux. Puis il retrouvait le parfum de Houaria, la bonne odeur de ses plats. Ils se faisaient la bise, à la française. Parfois, ils se voussoyaient par jeu.

Il lui parlait de ses crises de larmes dans des épiceries, de ses pressentiments d'attaques terroristes, de ses visions d'enfants dans des flaques de sang, de sa paranoïa d'être suivi. « C'est juste la dépression, c'est normal, ne t'inquiète pas, tu viens de perdre ta maman.

Moi aussi, j'ai été dépressive quand le cancer a dévoré mon père en à peine deux mois. Je ne m'en suis jamais remise, maintenant je crois que ça va. »

Ils parlaient de cette angoisse qui faisait de chaque souvenir une lame de rasoir. Il buvait les paroles de Houaria. « Nous sommes faits de cycles. Et celui-là va passer, la dépression va passer, comme tout. Je te le jure sur le Coran. »

Puis il reparlait de son sujet préféré, la puissance des femmes américaines, et Houaria de se vexer, invariablement. D'autant qu'elle trouvait les Américains d'une stupéfiante vacuité. À New York comme partout, les bonshommes n'arrivaient pas à la cheville des femmes. « Je pourrais passer mes bras à travers eux tellement ils sont vides. Et puis ils parlent tellement d'eux... »

Son geste avait commencé à s'effacer de la mémoire médiatique, à s'éroder. Bientôt, il disparaîtrait. Il recevait désormais plus de marques de soutien que de menaces. Des femmes, de France mais aussi du Maghreb, continuaient de lui donner leur numéro de téléphone. Elles lui envoyaient aussi des photos sexy, sur lesquelles elles faisaient toutes la même bouche. Les demandes d'interviews s'étaient taries. De temps en temps, sur des sites de plus en plus spécialisés, il y avait des sujets sur lui. Personne ne savait où il était. *L'Équipe.fr* avait indiqué qu'il aurait quitté la France, sans préciser de destination. Des sites d'extrême droite racontaient qu'il s'était converti à l'islam, qu'il vivait en Égypte ou au Yémen. Une journaliste du *Point* avait juré l'avoir repéré dans les zones tribales du Waziristan. Yassine n'avait bien sûr pas vendu la mèche. Il répondait qu'il vivait quelque part dans le 93 et les journalistes lâchaient l'affaire.

Des gestes plus stupéfiants encore s'étaient multipliés en France. Des pères de famille ne se contentaient plus de monter sur la grue pour réclamer la garde de leurs enfants mais s'en jetaient désormais. Les immolations devant les CAF, les bureaux de poste, les Pôles emploi étaient devenues quotidiennes. Un psychologue était à demeure dans le moindre service public. Des quartiers s'embrasaient comme des bottes de paille pour flamber pendant des semaines. La plus grande confusion régnait. Dans le même temps, le remède croissait, avec l'irrésistible émergence de Rachida Meziane.

À New York depuis un an, il avait dépassé la durée de son visa. Il ne pouvait plus rentrer en France sous peine de ne pouvoir revenir aux États-Unis. Il avait brûlé son dernier vaisseau, marchait d'un pas léger. Il était comme le vendeur guinéen qui n'avait pu revenir à Conakry enterrer sa mère. Sa vie changeait lentement. Il avait trouvé une chambre dans un *brownstone* à Bedstuy, non loin de l'appartement de Houaria. Elle fréquentait un gars, un Cainri, un tatoueur. Elle ne lui avait rien dit mais il avait senti qu'il était temps de partir.

Il allait mieux, perdait de vue le passé là-bas de l'autre côté de l'océan. Il se réveillait tard, marchait dans des quartiers de plus en plus éloignés, passait ses nuits à faire l'amour. Ses amies étaient comme lui, cruelles et légères. Un soir une fille lui avait commandé un taxi, réglant même la course. L'amour se faisait à armes égales. Leur seul désavantage était leur nombre. New York était la cité des femmes. Comme il l'avait lu dans un roman américain, il suffisait de descendre dans le métro pour les rencontrer. Il nageait dans l'abondance.

Pas un instant il n'avait songé que Hannah serait la fin de sa quête. Il devait faire avec elle comme avec les autres, avant de la rendre à la foule. Il se rappelle le soir où il l'avait rencontrée. Il faisait chaud, de l'eau dégoulinait de l'air conditionné des maisons. Sur les pelouses de McCarren Park, les légions cool de Brooklyn étaient paresseusement allongées. Avec cette chaleur, la ville semblait en état de siège.

En entrant dans ce bar à Greenpoint, il n'avait vu que ses épaules laiteuses, sur lesquelles des tatouages couraient comme des peintures rupestres. Elle portait un *romper* – espèce de robe-culotte que l'on ne trouve qu'en Amérique – et des mules bleues avec des semelles compensées en liège. La manucure de ses ongles était vert pâle. Sur son visage de poupée avaient été peints une bouche rouge vif et des yeux bleus injectés de désir. Ses pommettes étaient hautes, ses cheveux blonds, coiffés en Pompadour. Lui qui avait toujours été attiré par les femmes sombres avait été ébloui par sa blancheur. Hannah venait de Charlotte, en Caroline du Nord. Elle lui avait décrit son quartier, aux demeures riches et soignées, qui jouxtait le ghetto, dangereux comme un homme ivre. *At night, no one stops at redlights.* Il avait repensé à la peur qui flottait au-dessus du Bourget lorsque les gars de Drancy venaient se battre avec ceux de Brossolette.

Il lui avait raconté qu'il était habitué à se battre, que ce n'étaient pas la force physique ou la technique qui importaient mais la puissance des émotions. Hannah plantait ses yeux dans les siens, ne baissait pas le regard. Le désir en jaillissait comme des gouttelettes d'huile. Il sentait le désir en train de monter en lui. Il la touchait en lui parlant, comme s'il avait peur qu'elle ne disparaisse.

Puis ils s'étaient levés, avaient quitté le bar, sans cesser de se parler. *No one has ever asked me questions like you do. It's nice. You know, in America, men talk a lot about themselves. A loooot.* Ils avaient arrêté un taxi au milieu d'une avenue. La chaleur avait regagné sa tanière. Ils avaient fait le trajet jusque chez elle. Dans le taxi, il avait regardé les étendues de la ville en attendant le festin, de tresser les lauriers du sexe au-dessus de cette intimité de bar. Il avait repensé à Sabrina, au Bourget, comment les gars là-bas sont malades du corps de leur sœur. Elle avait sur les épaules un léger cardigan blanc-écru. Ses mains faisaient la moitié de la taille des siennes. Elle sentait bon.

Dans sa bouche, la langue américaine paraissait une petite hache qui coupait le réel en une suite ininterrompue de désirs. *I want that, I want that.* Ils s'étaient arrêtés dans un *liquor store.* Elle avait tapé dans la vitre en plexiglas et réveillé son vendeur, un vieux Chinois au visage détruit. *I want a bottle of whisky, any kind is fine. As long as it's whisky.* Un gars lui avait mis un coup d'épaule en le regardant de travers, avant de s'excuser. Puis ils étaient montés chez elle. Il aurait voulu s'arrêter un instant au milieu de l'escalier, suspendre le temps, graver ce délice. Elle vivait avec deux pédés. *Sometimes I hear them fucking.* Ils avaient bu la bouteille de whisky en écoutant

Joy Division. Les photos de membres de sa famille étaient accrochées à un mur. Les femmes lui ressemblaient. Nez en trompette, yeux délavés, britanniques. Il s'était arrêté devant une photographie, sur laquelle sa mère portait des vêtements d'été et un chapeau qui lui couvrait la moitié du visage. Elle avait la main posée sur le ventre de son père, comme si elle veillait sur son embonpoint. *That's a very old picture. Lots of bad things have happened since that picture was taken.*

Il avait ouvert son placard, passé la main dans les robes pendues aux cintres, une forêt de vêtements légers, colorés, qui sentaient bon. Elle possédait une dizaine de paires de chaussures, les lamées or pour les grandes occasions, les sandales pour l'été, plusieurs paires de bottes. Les toilettes qu'elle avait essayées avant de sortir étaient jetées sur le lit. Il avait fait glisser son slip blanc entre ses cuisses avec un crissement contre la peau. Il y avait une trace là où le vêtement avait frotté. La gorge serrée, il avait fait sauter les bretelles de son soutien-gorge. Elle s'était allongée sur le lit, passant furtivement ses mains sur ses jambes. Il l'avait écartée puis goûtée, comme s'il buvait à une rivière. Son sexe avait le goût de ces savons saturés que l'on ne trouve qu'en Amérique. Et puis, très loin, il avait retrouvé le goût des chamallows qu'il mangeait au seuil de l'épicerie de Kader, là-bas

au Bourget, avec Yassine. Puis elle l'avait pris dans sa
bouche, en levant les yeux vers lui. Elle l'avait sucé
longtemps, en mettant ses mèches de cheveux derrière
les oreilles, prenant ses testicules dans la petite coupe
qu'elle avait formée de l'une de ses mains. Puis son visage
avait pris le rythme d'une transe vaudoue lorsqu'elle avait
accéléré. Elle l'avait avalé jusqu'à la dernière goutte.
Elle avait nettoyé son sexe comme une chatte ferait de
ses petits. Il s'était excusé d'avoir autant joui. *I really
wanted to swallow you.*

Ils s'étaient revus anormalement vite. Deux, trois fois,
la quatrième, en plein jour. Ça ne lui était jamais arrivé.
Tout était différent avec Hannah. Elle s'était mise à table,
avait dit tout ce qu'elle savait d'elle. Elle lui avait raconté
l'endroit d'où elle venait. *Such an horrible place, you
have no idea.* Il avait agencé les fragments de Hannah,
traversés de cette dévastation qu'il avait retrouvée chez
tant d'autres Américaines. Son passé était un drame pur,
inauguré alors qu'elle avait huit ans par la leucémie de
sa mère, qu'elle avait fini par vaincre. Puis ses parents
avaient divorcé et sa mère était devenue dépressive.
Hannah était partie vivre avec son père. Elle faisait le
ménage, lui préparait à manger, le couchait quand il
était saoul. Puis la dépression l'avait gagné lui aussi et

il avait fait des choses horribles. Le mot *ugly* revenait tout le temps dans sa bouche. Elle avait grandi avec un tas d'ennemis, sans s'être forgé les armes. Elle avait été la risée des écoles où elle était passée. Les pauvres lui volaient ses chaussures, les riches la traitaient de paysanne. Elle n'avait pas de frère pour la défendre, était toujours seule pendant que les autres se rassemblaient par grappes sous les arbres. Elle était la dernière prise au moment de composer les équipes de volley-ball. Elle avait fini par s'enfermer dans les toilettes pour manger son repas de midi. *Every school needs someone to bully and it was me.* Tous les élèves avaient apporté une branche à son bûcher. Elle payait une étrangeté. Elle n'avait jamais su. *I was humiliated so much, for so long. But you know what, I never cried in front of my tormentors.* Cette phrase lui avait fait l'effet d'un coup de poing, avant d'éprouver un chagrin très serré. Il s'était jeté sur Hannah, l'avait prise dans ses bras. Personne ne toucherait plus à l'un de ses cheveux, personne. Il la protégerait comme il protégerait la couvée qu'il aurait avec elle, ramènerait la confiance dans ses yeux. Les phrases de Hannah provoquaient des éboulements dans sa mémoire. Un souvenir lui était revenu. Il avait huit ans. Il était avec ses parents quelque part dans les Alpes où ils passaient toujours une semaine en été. Son

126

père marchait devant. Il était avec sa mère, main dans la main. Ils ne se lâchaient pas. Le sommet n'était plus loin. Il avait soudain entendu des aboiements. Un chien de montagne, de la taille d'un loup, leur faisait face. Il avait eu peur, s'était caché derrière les jambes de sa mère. Puis il avait vu son père ramasser une grosse pierre, la brandir et avancer vers le chien, qui prit peur et s'enfuit dans la vallée. Il avait alors lâché la main de sa mère et vu une boule fauve dévaler le sentier vers la forêt. Il ferait pareil pour Hannah, il prendrait une pierre.

Chaque fois qu'ils faisaient l'amour, les draps se transformaient en piscine de sueur et de salive. Le plaisir était sans fond, un éternel recommencement. Il la léchait des heures durant, et tout en elle sentait bon. Ils avaient passé une nuit dans un motel au nord de l'État de New York au milieu des bois. Ils avaient fait l'amour sur la moquette jonchée de leurs vêtements, de bouteilles de bière, de mégots de cigarettes. Ils avaient eu faim en même temps, à la tombée de la nuit. Mais le motel situé au bord d'une nationale était loin de la prochaine station-service. Ils étaient quand même partis dans la nuit, le long de la route, se repérant aux phares des voitures qui passaient à toute vitesse. Il était terrifié, s'attendait à être fauché par une voiture puis traîné sur plusieurs mètres. Mais rien n'était arrivé. Elle avait avancé devant lui tranquillement, marchant sur le marquage signalétique, pendant qu'il la suivait à la clarté de ses jambes.

Et puis, à la même époque, comme une conséquence tectonique peut-être de leur histoire, il y avait eu ces incendies mystérieux. Ils n'y avaient pas prêté attention au début, parce qu'ils ne lisaient plus les journaux depuis qu'ils étaient ensemble. La première fois qu'ils en avaient eu vent, ils étaient, il s'en souvient, à la plage des Rockaways, dans le Queens, au bout de la ville. Ils se connaissaient depuis deux semaines. Hannah portait un short en jean très court avec les poches qui mordaient sur sa peau lumineuse. Ses seins tendaient un tee-shirt gris chiné American Apparel. L'océan était chaud et plein d'algues. Ils avaient enfoui les bières dans le sable pour les garder fraîches. Il avait eu envie, ce jour-là, de parler de lui, du Bourget, avant de renoncer. Il avait alors posé son visage sur le ventre de Hannah et regardé la lumière fléchir au-dessus de la mer.

Sur le retour, ils s'étaient arrêtés à une bodega acheter un quart de pastèque. Hannah avait des pépins tout autour de la bouche, lorsque au-dessus du vendeur chinois la télévision s'était mise à grésiller. Dans le Mississippi, à une vingtaine de kilomètres de sa capitale, Jackson, trois stations-service avaient pris feu de manière inexplicable, à une exacte demi-heure d'intervalle. Ils avaient pris le métro, la ligne A, au milieu des familles noires. Les femmes avaient tatoués sur leur corps des noms et des dates de naissance et de décès, ceux d'hommes, et jeunes pour la plupart. Le soir, deux nouvelles stations avaient pris feu en Louisiane. La semaine suivante, trois stations-service partaient en fumée en Virginie.

Ils avaient progressé l'un vers l'autre par le sexe, le partage du passé, des névroses. Ils fermaient les yeux en même temps lorsque le F train pour Coney Island traversait l'océan de tombes du Washington Cemetery à Brooklyn. Ils avaient besoin de voir la mer une fois par semaine. Ils attendaient les crises d'angoisse comme des événements qui éclaireraient le plus profond de leur être, se délectaient des souvenirs qu'ils parvenaient à rassembler. Le passé était devenu une fête, pleine de clarté. Il voulait savoir chaque homme qu'elle avait eu, si elle l'avait sucé, combien de fois ils avaient couché ensemble. Il ne la lâchait pas tant qu'il n'avait pas ressenti cette douleur qui le faisait se lever brutalement et marcher seul quelques minutes. Il raffolait du dégoût d'elle qu'il éprouvait après. Hannah voulait savoir chaque combat qu'il avait livré jusqu'au dernier, à Moscou, qu'elle avait vu des centaines de fois.

À chaque fois, elle en avait la chair de poule. Elle avait un autre morceau de choix, Sabrina, sur laquelle elle revenait, inlassable. Elle réclamait le récit de chaque minute qu'il avait passée avec elle, se perdait en conjectures sur son départ pour l'Algérie. Elle ne croyait pas à cette histoire de dévergondage. Il devait y avoir autre chose, quelque chose de terrible. *There had to have been something else going on. A woman in love doesn't leave like that.*

Hannah avait découvert les rues du Bourget sur Google Maps, les remontant l'une après l'autre jusqu'au pavillon de la rue du Docteur-Cauvin. Là, elle fixait l'image clignotante de pixels et reconstituait tout ce qu'elle pouvait. Elle apprenait aussi le français, l'interrogeait sur Yassine dans cette langue. Ils se donnaient rendez-vous dans les endroits les plus reculés de la ville, sur le quai d'une station de métro au nord du Bronx, dans un restaurant polonais du Queens, au milieu d'une plage vide. Ils partaient dans la nuit au Whole Foods de la 14e Rue, passaient des heures entre les rayons à se gaver de chips et de tranches de dinde. Ils marchaient sous la pluie jusqu'à se détester. Ils développaient une intimité radicale, se rabattaient l'un sur l'autre, entièrement.

Les incendies des stations-service avaient continué, là dans un comté du Michigan, là au milieu de l'Arizona, avec une ubiquité et une régularité qui commençaient à inquiéter. Le personnel de ces stations-service, tous des immigrés – bengalis, kurdes irakiens, sierra-léonais et même un Français, dans l'Ohio –, racontait la même chose. Quatre individus masqués, d'allure jeune – probablement trois garçons et une fille, même si certains témoignages faisaient état de deux garçons et deux filles –, avaient surgi à un moment où la station était déserte. Seuls deux des quatre individus étaient armés, mais les armes paraissaient factices à certains. Deux autres portaient des jerrycans d'essence, alors que le quatrième, armé, fermait la marche, le dos tourné. La personne armée avait été la seule à s'exprimer, un homme grand, athlétique, à la voix autoritaire. Il leur avait demandé de sortir de la station-service, les remettant au soin de la quatrième personne, qui selon plusieurs témoignages devait être une femme. Les trois avaient ensuite renversé tous les étals à nourriture de la station-service, avant de les asperger d'essence et d'y mettre le feu. Les flammes avaient dévoré la station-service en une poignée de minutes. Puis ils avaient décampé dans la nuit, comme ils étaient venus, à bord d'une voiture puissante. Ils étaient polis mais extrêmement déterminés, racontaient les témoins. Leur chef n'avait pas l'accent du coin, mais c'était un Américain.

Les titres des journaux étaient devenus de plus en plus alarmants. Un pattern était à l'œuvre. L'anxiété commençait à affleurer dans les regards à New York, surtout qu'un incendie avait eu lieu dans le New Jersey proche. Il se souvient d'un type dans le métro qui lisait un journal gratuit, dont la première page montrait une station Chevron en proie à des flammes inouïes. Il l'avait brutalement reposé sur ses genoux et avait regardé tout autour de lui, sa chemise saumon trempée de sueur. Les regards étaient plus graves, les discussions plus longues. Dans sa bibliothèque, Hannah avait constaté une augmentation de la fréquentation. Une émission de *TV reality* sur NBC avait été brutalement interrompue, sans qu'il y ait de cause à effet. Des temps étranges avaient commencé.

Mais bien sûr, le tournant, l'épisode qui déclencha une vague de *Oh my God* à travers le pays, fut l'attaque de Northfield, dans l'Illinois, en plein cœur de ce Midwest d'où rien, pourtant, ne devait jamais venir. L'Amérique avait bel et bien un nouvel ennemi, implacable, et elle le découvrait en se pourléchant les babines.

Ils étaient dans une petite ville de l'État de New York, au comptoir d'un *diner* vegan, lorsque c'était arrivé. Ils avaient pris le week-end l'habitude de prendre des trains à la gare de Grand Central, sans destination précise, et de

132

s'arrêter dans une ville au hasard, quelque part dans le haut de l'État de New York, au milieu des forêts. À l'une des tables de ce *diner* de Fairfield, une femme dérangée, vêtue d'un bonnet de père Noël, mangeait en grommelant. Elle fixait l'écran de télévision branchée sur Fox News, lorsque soudain elle poussa un cri. Une immense tour brûlait sur l'écran. Le quartier général de l'entreprise agroalimentaire Daft Foods avait été incendié. Quatre assaillants. Aucune victime. Les vigiles désarmés, un à un, puis mis à l'abri. L'attaque avait eu lieu en plein jour, dans une banlieue des plus tranquilles, à un jet de pierre d'un poste de police. Sur l'écran coupé en deux, on voyait en parallèle l'affolement qui avait gagné Wall Street, la chute brutale des actions Daft et celle de sa myriade de cocontractants. Hannah avait pris sa main dans la sienne, l'avait serrée fort en criant : *OMG, OMG*. Les clients du *diner* s'étaient mis à se parler, dans un anglais très rapide, scandé, qu'il ne comprenait pas. Avec ses branchies de jeune Américaine, Hannah sentait que l'on était bien au-delà du fait divers. Elle disait qu'il y avait quelque chose de différent dans l'air, que le pays ne pouvait rester à l'abri des grands bouleversements du monde. Khan au Qatar s'était réfugié dans le désert avec sa colonne de travailleurs, attendant son heure pour renverser la monarchie, alors qu'en France l'ascension de

Meziane était devenue irrésistible. Partout de nouveaux feux s'étaient allumés sans que les anciens aient été éteints. La bulle américaine éclatait de nouveau. *There is something new, something political in the eyes of young Americans these days.*

Le train de retour pour New York fut transformé en assemblée. Les passagers échangeaient théories et émotions. Il pouvait sentir dans leur voix la crainte, l'incompréhension, la fascination se succéder dans des intervalles très courts. Un jeune Blanc, torse nu, avec une casquette retournée, s'était soudain levé de son siège et avait hurlé, les veines de son cou gonflées : *What do these motherfuckers want ? Are they trying to mess with us ? OK, come on, bring it, don't hide, you fuckers !*

Mais les auteurs de ces incendies n'avaient nullement l'intention de se cacher. Une lettre finit par arriver au siège du *Washington Post*, peu de temps après cette attaque, avec ces mots, inscrits avec des lettres découpées de magazines, de hauteur inégale, à l'ancienne. *We are the Golden Horde. More to come.*

The Golden Horde, OMG, sounds so exciting. Hannah avait lâché son stylo, posé son regard sur plusieurs objets avant de le dévisager et de sourire. Ses cheveux relevés au-dessus de sa tête tenaient par des crayons comme une parure de chef amazonien. Elle remettait patiemment les attaches de sa robe qui ne cessaient de lui tomber des épaules. *Let's see what they want. I might agree with them, ah ah.* Depuis son appartement de Bay Ridge, il pouvait voir les arcs du pont de Verrazano et les rails aériens de la ligne R. La rue était une procession de familles arabes, latinos, chinoises, polonaises qui portaient des sacs plastique de toutes les couleurs. Le soir allait tomber, et avec lui la chaleur. Hannah aurait bientôt fini d'écrire et il s'allongerait auprès d'elle, le visage collé contre son aisselle.

Les États-Unis furent gagnés par la Horde d'or comme par une merveilleuse gangrène. Pendant six mois, elle frappa avec un intervalle d'un mois entre les attaques, sans qu'aucun de ses membres soit arrêté. Ils semblaient doués d'ubiquité, frappant là une station-service en Louisiane, l'autre fois un Burger King dans le Minnesota, une autre fois encore une filiale de Mosango en Californie. Les forces de l'ordre américaines étaient hors d'elles. La piste islamiste avait été écartée, de même que celle des groupuscules d'extrême droite. Les regards s'étaient alors tournés vers l'extrême gauche américaine, pourtant moribonde depuis Occupy Wall Street.

Un degré supplémentaire fut franchi le jour où elle attaqua à Houston le siège de la plus grande entreprise d'exploitation de gisements de gaz de schiste, selon le même modus operandi. Quatre assaillants, pas de victimes. Une attaque qui propulsa la Horde d'or à la une de tous les journaux du monde. *They are fighting against all evils*, avait dit Hannah. La lutte prit alors une dimension systémique, qui ne laissait à personne la possibilité de lui échapper, de ne pas prendre parti. Ses actes interrogeaient au plus intime, s'il y avait divergence sur les méthodes, chacun sentait confusément que le mode de vie contre lequel la Horde d'or était en guerre ne pouvait durer. Les animaux gavés d'antibiotiques, les nourritures pour humains ressemblant à de l'engrais, la mise en coupe réglée capitaliste de tout… cela devait un jour cesser. C'est ce que semblait vouloir la Horde d'or, même si l'on ne connaissait rien d'elle, si ce n'est son nom et l'ombre grandissante qu'elle faisait planer au-dessus du pays.

6

Il est maintenant à Saint-Denis. Il s'est arrêté au bout de la ligne 13, comme tous les Français. Il a voulu aller sur l'esplanade devant la basilique de Saint-Denis, mais la foule l'a fait reculer. Il est impossible d'avancer. Il a donc marché dans la direction opposée, vers Gennevilliers. Il a un point de côté, il n'a plus l'habitude de marcher autant, lui qui pouvait aligner les séries de cent sauts de corde. Il est submergé par la foule, maintenant qu'il marche à son rebours. Dans les rues qui semblent tanguer jusqu'à Lille, il règne une gaieté de commedia dell'arte. Les sourires étincellent au milieu des visages.

Il a rendez-vous au café de France. Il est impossible de s'y asseoir, plein à craquer. Les gens sont à dix autour des petites tables rondes et tournent comme des manèges. Il sent les regards tout le long de son corps. Il lui envoie un texto pour lui dire qu'il va trouver un autre endroit, que le café prévu est bondé, qu'il aurait dû y penser. Il doit marcher longtemps pour que la foule perde de sa densité, jusqu'à la lisière à partir de laquelle les villes s'émiettent. Il est devant une vaste zone de parking, où sont stationnés les cars régie des chaînes de télévision, ainsi qu'une centaine d'autobus. Le sol, en terre battue, est creusé de flaques. Une pancarte cerclée de rouge signale le début du territoire de la commune de Gennevilliers. Il repère un café avec quelques tables vides en terrasse, demande l'adresse du bar au patron, un vieux Kabyle avec un pull jacquard, vissé derrière le comptoir. Il envoie un texto pour lui dire que le café se trouve bien à Gennevilliers. La télévision est allumée. Un écran plasma flambant neuf qui tranche avec l'intérieur couvert de fanions, de coupes, de photos de famille. Il y a deux autres clients, deux jeunes, avec des têtes et des chaussures de Tchétchènes. Tous ont la tête tournée dans la même direction, l'écran de télévision, où l'espérance Meziane va bientôt s'incarner. L'intronisation est dans une heure.

Lui aussi a rendez-vous avec Rachida Meziane. Elle a quitté ce matin à onze heures son fief de la Coudraie, cette cité de Saint-Étienne où tout a commencé. Elle a étreint, les larmes aux yeux, chaque employé du centre culturel Léo-Lagrange, dont elle était la directrice avant d'être élue députée des Pays de Loire. Elle a réservé sa dernière accolade à Vincent, dit Poil de carotte, le vigile-mascotte. Son combat avait commencé ici, il y a très longtemps, lorsque le conseil municipal, aux mains de la droite, lui avait refusé, au nom de la laïcité, une subvention pour financer des cours du soir d'arabe. Elle voulait juste que les petits Français puissent parler avec leurs grands-parents et, pour certains, leurs parents. « C'est tout ce que je voulais, mais même ça, ils ne voulaient pas. »

Puis, les yeux rougis, elle a fait le tour de la Coudraie, trois barres d'immeubles posées comme des pâtes de fruits au milieu des forêts. Plus de monde entoure cette petite femme que n'importe quel homme politique de l'histoire française. Les balcons sont pleins d'enfants, de personnes âgées, d'Arabes et de Blancs, qui éprouvent des sentiments mêlés. « C'est un membre de notre famille qui s'en va », explique une jeune fille. Meziane fait des grands signes avec ses mains au-dessus de la foule. Elle est le cœur qui bat pour chacun d'entre eux.

Elle emporte la foule à travers la cité jusqu'à une Clio bleu ciel qui doit l'emmener à Saint-Denis. Un jeune Blanc de grande taille, chaussé de lunettes de technocrate, ne la quitte pas des yeux. C'est Pascal Champo, son

éminence grise, qui, jeune inspecteur des Finances, et
alors qu'elle se lançait en politique, lui avait écrit pour
lui dire qu'il croyait en elle, au PMD. Il avait eu cette
phrase qui est restée : « La dignité ne peut être que
collective » – ou quelque chose comme ça. Meziane se
retourne une dernière fois, pour embrasser les lieux, les
bâtiments, son cher centre social, le supermarché, la petite
bibliothèque, le bureau de tabac où elle achetait tous les
jours *Le Courrier de la Loire*. « C'est à la Coudraie que
j'ai appris à parler français, le français dialectal, de la
rue, et puis le français classique, le français des livres. »

L'entrée de trois députés du Parti des musulmans démocrates au Palais-Bourbon avait été un coup de tonnerre
qui s'était entendu loin dans le monde. Meziane avait
touché un nerf. Le PMD, exact inverse d'un parti communautariste, se révéla un puissant outil de mobilisation
de l'électorat des quartiers. Maintenant qu'il avait un parti
qui lui ressemblait, le nouveau tiers état français votait en
masse. L'idée de Meziane avait été de se servir du vecteur
identitaire de l'islam – lequel prenait mécaniquement de la
force au fur et à mesure que s'aggravait la marginalisation
des musulmans – pour amener huit millions de Français à
la politique et, dans leur sillage, des millions de Français
qui avaient pris fait et cause pour les minorités. Parce

que la dignité, comme disait Champo, ne peut être que collective. Meziane avait retourné le stigmate, le couteau que chaque musulman, chaque Renoi, chaque Rebeu sentait contre sa gorge à l'époque.

Plus rien ne devait arrêter le PMD, qui déborda de son berceau de la Coudraie pour se propager comme une tache d'huile dans tout le pays. Une force nouvelle s'était levée, dont le visage était celui de cette femme espiègle, à l'accent stéphanois, au charisme inouï. « *The Arab Joan of Arc* », avait titré le *New York Times*. Dix ans après son apparition au conseil municipal de Saint-Étienne sous la bannière du PMD, Rachida Meziane était maintenant au milieu de tous les Français. La plateforme que le PMD avait formée avec le Parti socialiste de Manuel Flam – un visionnaire entre tous – avait été décisive. Elle était la nouvelle présidente. « Le pouvoir n'est pas un sommet mais un milieu. Il ne doit plus y avoir en France de surplomb, de verticalité. Rien n'est plus proche de la pulsion de mort que la pompe du pouvoir », avait-elle fameusement dit lors du débat de l'entre-deux-tours. Elle réfléchissait d'ailleurs à un nouveau nom, avait refusé que le « p » de présidente soit en majuscule.

Il avait suivi la campagne depuis Charlotte, rivé à son ordinateur, rafraîchissant les pages des journaux toutes les cinq minutes. Quelque chose se passait en France qui le rendait fier pour la première fois depuis longtemps. Il avait reçu des demandes d'interviews, avait été même approché par l'entourage de Meziane qui se souvenait de lui depuis la tournée de *My Own Private French Society*. Mais il avait décliné la proposition, s'était dit que son geste pouvait lui porter préjudice.

Le débat de l'entre-deux-tours qui avait opposé Meziane au candidat UMP Meyrieu lui avait rappelé Yassine face au ministre de l'Intérieur. Cette séquence notamment où, acculé par Meziane – ses arguments, son aura folle, la poésie de sa langue –, Meyrieu s'était renfoncé dans son siège, pour regarder de chaque côté comme si des flics allaient venir embarquer cette Arabe. Mais personne n'était venu et plus jamais les flics ne manqueront de respect à qui que ce soit. L'impuissance avait changé de camp. 53 % des Français avaient porté leurs suffrages sur Rachida Meziane, dont le sien, puisqu'il avait voté au consulat français d'Atlanta.

Sur l'écran de télévision, on voit maintenant Meziane arriver à son siège de campagne, porte de Clignancourt. Un autre morceau de mer l'y attend comme si la foule de la Coudraie l'avait suivie. Le pare-brise de la Clio est jonché des pétales de roses, des grains de riz, des raisins secs que les Français lui ont envoyés tout au long de la route. Elle serre la main de Kader, son mari de secondes noces, et de leur fils de dix ans, Redouane. Les deux filles de Meziane, issues d'un premier mariage avec un médecin d'origine corse, Sophia et Louisa, âgées de dix-neuf et seize ans, sont derrière eux. Elle a le même sourire qu'à la Coudraie.

Il regarde le patron du bar, les deux jeunes Tchétchènes, qui sourient aussi. Ils se rendent un léger signe de la main, pareillement fiers. Meziane est une rescapée. Elle a tenu bon face aux coups bas, aux humiliations, aux scandales. Le complexe médiatico-politique n'avait pas ménagé ses coups, brandissant les anathèmes, les uns après les autres, pour la discréditer : communautarisme, islamisme, voyoucratie et même, oui, communisme, en raison de ses convictions redistributrices. Patiemment, comme l'élève qui ferait la leçon à un maître devenu fou, avec la chair du verbe, Meziane avait répondu, déconstruit chaque accusation, avec la patience d'une mère.

« Non, nous ne sommes pas un parti communautariste, la moitié des candidats du PMD aux législatives ne sont pas musulmans. Non, nous ne voulons pas instaurer la charia ni le port du voile pour les femmes. Il suffit de me regarder. Je veux seulement que la foi de huit millions de Français soit respectée. Je veux qu'ils se sentent bien chez eux, parce que personne ne sera bien tant qu'ils ne seront pas bien. »

Après, en face, bien sûr, ils avaient lâché les hyènes, fouillé dans le passé de Meziane comme si ce passé leur appartenait. Ils avaient fait ce qu'ils avaient voulu, détruisant, arasant, avec le concours du gouvernement de droite de l'époque. Ils avaient essayé de trouver des accointances avec les salafistes, des puissances étrangères, les nationalistes corses en raison de son premier mariage. Meziane, agent du Qatar, cheval de Troie du salafisme. Tout le monde se souvient de cette une immonde. Meziane avait été pourtant la première à appeler Imre Khan, après l'instauration de la démocratie à la tête de sa colonne de travailleurs immigrés. Ils avaient fouillé le passé des siens, de son premier mari, allant même jusqu'à mettre sur écoute sa fille la plus âgée, accusée de fréquenter un dealer de cannabis. Mais évidemment, le coup le plus dur fut l'accusation d'adultère. Elle aurait eu une histoire avec un écrivain israélien alors qu'elle était mariée avec Kader. Elle avait trop de joie en elle, elle était trop libre… Rachida Meziane avait tenu bon. Elle avait souri aux crachats et aux mensonges. Tout avait glissé sur elle et c'est bien elle qui va prêter serment devant la basilique de Saint-Denis dans quelques heures. Elle a choisi ce lieu parce qu'elle voulait rompre l'isolement, briser la verticale du pouvoir, et prêter serment, pour la première fois, devant le peuple de banlieue. Son combat était autant géographique que politique, disait-elle, exhortant à sortir de Paris. Elle a donc décidé de faire confluer la nouvelle France, celle des banlieues, avec la France du passé. Quoi de mieux pour cela que la basilique de Saint-Denis ? Meziane, maîtresse du temps court et du temps long, comme disent déjà les historiens.

Il reçoit un texto. Il se dit que c'est lui, qu'il a du retard parce qu'il a perdu son chemin. Il doit être désorienté par la fête, la foule, un pays qu'il ne connaît pas. Il ne regarde pas son téléphone. Il attend, pour garder le délice de découvrir son message. Le café est maintenant rempli d'hommes seuls, qui avancent dans l'âge et sont, comme lui, hors de la douce juridiction d'une femme. Il y a un abandon dans leurs gestes, comme un gaspillage. Il a hâte de retrouver Hannah, l'aime à mourir. Hannah a apaisé la douleur qui lui avait fait quitter la France au point que cette douleur est devenue, en lui, sereine, un de ces organes du corps qui existent mais ne servent à rien.

Ses mains transpirent. Il peut sentir ses muscles en train de fondre sous sa chemise. Soudain, une énorme clameur se fait entendre, faisant trembler les liquides dans les verres. Meziane est arrivée à Saint-Denis, elle est sortie du métro. Son apparition fait se lever des milliers de bras, jaillir des milliers de voix dans des milliers de gorges. Une liesse sans pareille peut commencer. Elle entame le trajet à pied au milieu des rues de Saint-Denis jusqu'à la scène et la tribune officielle, devant la basilique des rois de France, où une cinquantaine de chefs d'État ont pris place. Sur l'écran de télévision, les commentaires sont traduits en anglais, en arabe, en langage des signes. Son téléphone vibre : un texto de Hannah.

Life is merde without you. OMG, did you see the news ? Meziane's election is great, but LeBron Parks got arrested today too... love always.

7

Ils vivaient à cette époque au milieu de la savane américaine, dans le nord de l'État de l'Ohio. Ils avaient quitté New York un matin, sur un coup de tête. Ils ne supportaient plus la ville, avaient envie de désert. Hannah avait choisi Youngstown pour la chanson de Bruce Springsteen. Un matin, ils avaient donc mis toutes leurs affaires dans la Honda Civic blanche de Hannah et pris l'interstate 278 vers l'ouest. Au milieu du pont de Verrazano entre Brooklyn et Staten Island, ils s'étaient retournés une dernière fois vers la ville qui les avait faits rois. Ils se connaissaient depuis six mois, n'avaient qu'eux, leur amour, un ogre, avait mangé New York.

Il avait dit au revoir à ses amantes. Il avait continué de coucher avec elles au début de son histoire avec Hannah jusqu'à ce qu'il n'arrive plus à les serrer dans ses bras. Il avait dit aussi au revoir à Houaria, les larmes aux yeux.

C'était la seule à connaître Le Bourget, ses ciels, ses
dimanches d'angoisse, sa laideur navrée. Il brûlait le
dernier pont. Elle aussi était émue. Ils s'étaient portés
l'un l'autre pendant un an, dans une ville qui les avait
rendus libres. Il lui avait dit de saluer Sabrina pour lui si
elle la revoyait, qu'il ne lui en voulait de rien. Houaria
lui avait dit au revoir en lui caressant les joues, fière de
lui à en suffoquer.

Hannah avait quitté son emploi de bibliothécaire. Elle
avait fait un repas d'adieu avec ses collègues dans le
TGIFriday's du *mall* d'Atlantic Avenue à Brooklyn, sans
éprouver la moindre émotion. *Everyone I know now is*
like an extra in a movie to me since I met you. Elle avait
des projets. À Youngstown, pendant qu'il taperait contre
un sac de sable au milieu de leur jardin, elle écrirait un
grand roman féministe. Elle remonterait loin dans le
passé, inspecterait au plus près la matrice américaine.
La mise en concurrence sexuelle des jeunes filles aux
États-Unis devait s'expliquer, comme cette squelettique
confiance en soi et son presque viol à l'âge de quinze
ans. *I didn't want to sleep with him. I feel like he forced*
himself on me. You know, even after all of these years,
I can still feel the humiliation. And now I see him in other

*men. It could have been any of them. And sometimes it
feels like they all did it to me.*

Le trajet jusqu'à Youngstown avait duré deux jours,
durant lesquels ils découvrirent un pays nouveau.
L'Amérique avait changé, grandi ou régressé d'un
coup, c'est selon. *It is not the country I used to know.*
En six mois, la Horde d'or avait modifié la donne.
Aucune des stations-service auxquelles ils s'étaient
arrêtés ne possédait de rayon alimentaire. Deux d'entre
elles avaient même tendu de grandes banderoles au-
dessus des pompes à essence avec ces mots : *No junk
food.* Les fast-foods étaient déserts, certains tombaient
carrément en ruine. Près de Buffalo, ils s'étaient arrêtés
devant un McDonald's abandonné, posé au milieu
des champs. Ils y étaient rentrés par l'un des pans
de mur effondrés, faisant détaler parmi les tables en
plastique un raton laveur aux yeux phosphorescents. Les
herbes avaient envahi les sièges décolorés, les friteuses,
les fontaines de soda. Ils avaient regardé, pensifs,
les menus au-dessus des caisses, devenus illisibles.
Un mannequin Ronald McDonald grandeur nature
pourrissait au milieu de la salle de restauration. Deux
cavités blanches fourmillantes d'insectes lui tenaient
lieu d'yeux et ses pieds étaient couverts de fientes. Son

sourire était intact. *This is so fucking creepy, let's get the fuck out of here.*

Ils s'étaient arrêtés à Pittsburgh dans l'après-midi, parce que Hannah voulait revoir un endroit en particulier. Ils étaient montés sur les hauteurs de la ville, sur la rive droite du fleuve, au-dessus du grand pont en acier jaune. Ils étaient arrivés à une intersection, marquée par une statue en stuc blanc d'un général de la guerre de Sécession. Elle lui avait dit de rester dans la voiture. Il l'avait alors vue s'enfoncer dans la rue, gracieuse, son chignon au-dessus de sa tête. Elle était revenue une dizaine de minutes plus tard, sans rien lui dire, le visage inchangé. Elle avait roulé un moment, en regardant tout droit, avant de se tourner vers lui. *Everything is fine. Everything is perfectly fine*, avec ce petit sourire qui personnellement le dévastait. En sortant de Pittsburgh, ils étaient passés devant une grande tour blanche, gardée par des dizaines d'hommes en uniforme armés jusqu'aux dents. Un grand type était sorti, leur hurlant de dégager, que c'était le siège de Mosango Northeast, et qu'en restant stationnés devant plus de quinze secondes ils devenaient une cible potentielle. *If we stay five more minutes, these lunatics will fucking shoot at us for sure*, avait lâché Hannah. Le pays était à cran. Au bord de la

150

route, de grands panneaux proposaient des récompenses de deux cent mille dollars, financées par les grandes entreprises agroalimentaires, pour quiconque apporterait des renseignements sur la Horde d'or. En vain, un an après ses débuts, le voile de mystère qui l'entourait n'avait toujours pas été déchiré.

Ils avaient roulé lentement, pris leur temps, goûté chaque instant de leur fuite. Au milieu de la Pennsylvanie, elle lui avait montré un champ d'éoliennes et dit, dans un français hésitant : « Les églises de la nature. » Ça l'avait foudroyé. Il aimait le silence avec elle, l'entendre respirer. Tous deux avaient le cœur serré d'être l'un avec l'autre dans une voiture perdue dans l'immensité de ce pays. La deuxième nuit, ils s'étaient arrêtés à Braddock, une petite ville à la frontière avec l'Ohio. Ils avaient trouvé un motel en face d'une station-service Texaco, violemment éclairée. Une musique gaie jouait au milieu des automobilistes qui faisaient le plein, mais aucun d'eux ne dansait. Des voitures, chargées de gars et de filles, roulaient lentement sur Main Street, le plancher bas. Les passants étaient miraculeux comme des Bédouins. 7/11 et Family Dollar étaient les seuls magasins ouverts, tout le reste étant à l'abandon. Immeubles de briques rouges éventrés et lopins de terre longeaient des rues défoncées. Ils avaient mangé dans un *diner* sur Main Street, signalé par un néon grésillant. Un type torse nu était assis devant, le pantalon troué aux genoux, tirant la langue comme sous l'empire d'une soif perpétuelle. La patronne du *diner* était une Blanche âgée, avec des cheveux filasse, un visage baveux de maquillage. La serveuse devait être sa fille, parce qu'elle était sa copie conforme, en fraîche, désirable. Ils étaient les seuls clients. Les camions qui passaient à toute vitesse faisaient trembler les murs. Entre deux passages, ils pouvaient entendre le bruit des étincelles qui jaillissaient des pylônes électriques.

Il avait senti une angoisse monter en lui, le début d'une marée, alors qu'il mangeait son hamburger. La viande était tellement grasse qu'un jus translucide, comme du beurre fondu, avait coulé sous sa fourchette. Il avait essayé de se rappeler la dernière fois qu'il avait mangé avec une femme qu'il aimait. Sabrina, dans ce grec près de la gare RER du Bourget, oui, c'était probablement cela. Puis il avait imaginé, pour se rassurer, le trajet de la nourriture dans le corps de Hannah, la plongée dans l'acide de l'estomac, le grand huit de l'intestin grêle. Tant qu'il avait les yeux sur Hannah, son anxiété était en sourdine, *kept at bay*. Elle s'était mise à parler au moment exact où il en avait eu le besoin. Et comme toujours, ses phrases, leur empennage poétique, avaient mis son cœur à nu. *I know so little about you. You're like a stranger. I know it's strange, but hearing about your past makes me so fucking wet. I wish I knew more about it.* Depuis qu'il avait rencontré Hannah, son être avait gagné en densité, en épaisseur, comme lorsqu'il avait commencé à boxer et que des muscles, des côtes, des mains lui avaient poussé. Il s'était comme dissous, dépris de ses déterminants géographiques. Il n'aurait pu situer la France, encore moins le Bourget, sur une carte. Il n'aurait pu découper le monde en langues, en religions, en dates. Il n'y avait que le visage de Hannah et leur intimité amoureuse, plus vaste que le passé. Il pouvait maintenant parler, tout dire, et faire que s'écroulent les anciennes statues de soi. *Let it go, let it go, let it go.* Hannah était penchée sur lui, au plus près, lui parlant doucement. Avant de commencer, il avait enfoui son visage dans ses mains. À travers ses doigts, il avait pu voir le match de foot américain qui passait à la télévision, entendre les casques qui s'entrechoquaient. *Tell me everything about Le Bourget. Start at the beginning.* Il raffolait de la prononciation de Hannah, dans sa bouche, la vieille ville grise semblait rire de toutes ses dents.

Ils étaient arrivés à Youngstown au milieu de l'après-midi, une ville moyenne dont la moitié était détruite. Une famille de cinq attendait devant la gare routière, les enfants assis sur les valises comme des saltimbanques. Le père avait regardé passer leur voiture bouche ouverte. Ils avaient dormi dans un motel les deux premières nuits, serrés l'un contre l'autre, avec des cafards qui couraient sur la moquette cramoisie. Un bruit l'avait fait se lever au milieu de la nuit. Il avait alors allumé l'ampoule nue du plafond et, l'espace d'un instant, s'était préparé à découvrir un bain de sang.

Ils avaient trouvé une maison dans la partie ouest de la ville, entre la dernière aciérie en activité et la rivière qui coulait au milieu de la ville avec des reflets orange. Au loin, ils voyaient passer au-dessus de la cime des arbres les wagons rouillés des trains de marchandises. La première nuit, il avait eu une crise d'angoisse. En cinq minutes, il avait eu les tempes chaudes, les cheveux trempés de sueur. Ses mains avaient tremblé devant lui comme après trois heures de sac. Il avait réveillé Hannah, l'avait enlacée de ses deux bras mais n'était pas arrivé à entendre ce qu'elle disait. Ses lèvres bougeaient mais aucun son n'en sortait. Il s'était précipité dehors, au milieu du jardin, à l'herbe couleur de lune. Au loin, un type en bras de chemise fumait sur son porche. Il avait senti le léger poids de la tête de Hannah contre son dos, puis ses mains qui prenaient les siennes comme des lianes, et le calme était revenu.

Ils étaient leur seul champ d'étude, le territoire tout entier. Ils passaient la journée sans se parler, vaquant à leurs activités, mangeant chacun de côté. Hannah ne quittait pas la maison, elle écrivait sur le bureau de leur chambre, devant le lit défait, les doigts de pied pris dans la moquette épaisse. Toutes les deux heures, elle sortait respirer les odeurs de pin. Lui s'entretenait physiquement, courait le long de la voie ferrée, jusqu'au début de la ville voisine, Lebanon. Il avait installé un sac de sable au milieu du jardin, s'entraînait en short et en tee-shirt. Il arrivait que des voitures ralentissent pour regarder le boxeur professionnel qu'il était. Il avait sympathisé avec le tenancier de la station-service, un Palestinien qui avait gagné la *green card* à la loterie. Il l'avait impressionné avec les mots d'arabe que Yassine lui avait appris. Ils parlaient de l'Europe, du Moyen-Orient, en buvant du café faible en arôme, avec le sentiment de venir du même endroit. Il lisait tous les jours le journal local, le *Buckeye News*, notait chaque mot qu'il ne connaissait pas, en demandait le sens le soir à Hannah. De temps en temps, il marchait parmi les ruines des aciéries près de la rivière. Il se promenait entre les murs écroulés, les tiges de fer rouillé, sous les plafonds mangés d'eau. Il s'arrêtait à chaque fois devant les vestiges du haut-fourneau et pensait à son père, à cette époque d'hommes manuels.

Le soir, vers huit heures, ils mangeaient ensemble, parlaient pendant des heures, confrontaient leurs récits, leurs trouvailles. Elle lui disait des phrases qu'elle avait lues, d'autres qu'elle avait puisées en elle. Elle avançait des hypothèses, dessinait le portrait-robot de ce que pourrait être la plus grande héroïne imaginable. Il avait pensé à Rachida Meziane. *Too French*. Ils se racontaient des souvenirs de plus en plus lointains, chassaient maintenant sur toute la surface du passé. Ils commentaient la moindre variation de la charge d'amour, les infimes déplacements d'aiguille. Ce n'est qu'après qu'ils passaient à l'état du monde. Et à cette époque, pendant quelques mois, le monde avait eu un visage, la plus belle des fleurs jetées à l'imaginaire mondial, celui de LeBron Parks, le chef de la Horde d'or.

Ils avaient découvert le visage de LeBron Parks sur l'écran de télévision de la station-service d'Ahmed. Une nuit, parce qu'ils n'arrivaient pas à dormir, ils s'étaient levés et avaient décidé d'aller acheter des cigarettes. Ils avaient marché enlacés dans l'air chaud. Ahmed était derrière son comptoir, chiquant du tabac. Un type avec une casquette des Red Sox buvait du café près du stand à hot-dogs. Et puis soudain, dans le profond de la nuit, un visage grêlé de taches de rousseur, à la peau d'or et aux grands yeux de manga était apparu. Parks s'adressait en effet pour la première fois au reste du monde dans une vidéo publiée par YouTube, reprise aussitôt par toutes les télévisions. Son visage était empreint de la plus grande douceur, ses lèvres bougeaient à peine. Les mots qui suivent appartiennent désormais à l'inconscient collectif.

Nous sommes la Horde d'or et, en votre nom, menons le combat pour la vie. Nous sommes les auteurs des incendies qui ont frappé quarante-six stations-service, vingt-trois fast-foods, trois sièges d'entreprises agro-alimentaires, deux d'entreprises d'extraction de gaz de schiste à travers les États-Unis. Nous allons continuer notre action. Les cibles ont été frappées parce qu'elles servaient la mort, la mettaient dans la bouche de nos enfants ou l'introduisaient au plus profond de la nature. Une personne sur trois aux États-Unis souffre aujourd'hui d'un cancer. La moitié des personnes qui regardent cette vidéo en mourra dans moins de vingt ans. Pollution des usines, contamination des nappes phréatiques, nourriture empoisonnée, le modèle économique de ce pays a franchi le Styx depuis longtemps. Le profit, l'appât du gain,

157

donne le cancer. Le capitalisme donne le cancer. Il a besoin de tuer pour que la grande roue continue de tourner et de marcher sur nos cadavres. Cette épidémie de cancers – combien d'entre vous ont enterré un frère trop jeune, une mère morte en quelques semaines, un père mis au supplice – a des commanditaires humains. Ils s'enrichissent parce que des malades, qui se trouvent principalement et comme toujours parmi les pauvres et les minorités, sont en train de crever. Nous allons mourir, certes, mais nous ne voulons pas mourir à cause d'eux, nous ne voulons pas les engraisser de nos souffrances. Les combats politiques des siècles à venir, au moins aux États-Unis, défendront la vie nue. Nos ennemis sont clairement identifiés. Ce sont les entreprises agroalimentaires, pétrochimiques, et leurs milliers de tentacules qui s'insinuent jusqu'au plus intime de nos vies. Leurs lobbies empêchent toute action judiciaire, les partis politiques, captifs des premiers, servent leurs intérêts. Ces intérêts privés ne nous laissent pas d'autre choix que la force pour démanteler une chaîne alimentaire au bout de laquelle il y a la mort avant l'heure. Nous avons attendu trop longtemps. Nous avons déjà eu trop de morts, nous avons enterré trop d'enfants. Nous n'avons pas le choix, nous sommes désespérés. Il ne nous reste que le feu. Vous en feriez autant si vous saviez. Maintenant vous savez.

Hannah lui avait traduit les mots de Parks comme dans un rêve. La Horde d'or avait désormais un visage, un discours, qui en une nuit avait fait le tour du monde. À New York, Paris, Dakar, Bombay, les gens se regardaient dans la rue, interloqués, les mains sur les hanches. Les mots de Parks avaient résonné en Hannah jusqu'à l'épiphanie. Elle s'était rappelé ce petit voisin, mort à l'âge de dix ans d'une leucémie, ce footballeur au lycée foudroyé par le lymphome de Hodgkin, les banlieues de Charlotte touchées par les deuils, comme si la mort jouait à ricochet. Cette précoce dévastation venait de quelque part, ces morts inexpliquées faisaient système. Il avait essayé de se souvenir des décès qu'il avait connus dans son environnement proche au Bourget – un jeune de Brossolette s'était bien tué dans un accident de voiture – sans pouvoir détecter un pattern à l'œuvre. Il ne pouvait rivaliser avec Hannah dans ce décompte macabre et, oui, il semblait bien y avoir quelque chose d'empoisonné dans l'essence américaine.

Les mots de Parks firent l'effet d'une bombe. Ils prônaient une révolution alimentaire qui s'apparentait à une déclaration de guerre. Les géants agroalimentaires les prirent comme telle et livrèrent, au lendemain de la diffusion de la vidéo, un blitzkrieg publicitaire pour gagner les esprits. Parks, dernier avatar du terrorisme islamiste, fut naturellement l'angle retenu. Mais les messages avaient du mal à mordre sur le grand public, chacun ruminait ses morts, faisait des liens. Les mots de Parks avaient semé le doute et, pour beaucoup, raffermi la frontière de nouveaux droits. Le combat de la Horde d'or n'était plus seulement physique, mais symbolique, scientifique, il se déroulait dans la cervelle des Américains. Il devint bientôt total.

Hannah avait gagné en assurance depuis les attaques de la Horde d'or. Devant certains de ses gestes, certains de ses commentaires, il s'était étonné. Il avait repensé à 2005, lorsque le 93 était à feu et à sang et qu'il avait eu le cran de parler à Sabrina et qu'elle avait eu le cran de lui répondre. Sans les émeutes, ils ne se seraient sans doute jamais parlé. Un matin, Hannah déplia sur le lit une carte des États-Unis – le monstrueux trapèze américain, le pays roi – sur laquelle elle avait tiré un trait de Youngstown à Biloxi dans le Mississippi. *We are leaving in an hour.* Il n'avait pas bronché, l'aurait suivie partout. Ils avaient rassemblé leurs affaires en dix minutes. Une heure plus tard, ils franchissaient la frontière sud de l'Ohio. Il avait devant les yeux ce qu'il aimait le plus au monde, le profil de Hannah, et derrière, les bandes du ciel et de la terre américaine. Ils croisèrent un seul fast-food, un Arby's, gardé par des *state troopers*, avant d'acheter des quartiers de pastèque dans une station-service du Kentucky, au milieu d'innombrables familles.

Le visage de Hannah s'était fermé au fur et à mesure qu'ils avançaient. Il avait senti sa belle confiance la quitter, même si elle n'en laissait rien paraître, ne disait rien. Elle était habillée avec soin, un pantalon noir et un chemisier blanc, comme pour un rendez-vous professionnel. Ils s'arrêtèrent la nuit dans un motel au sud du Tennessee. À peine entrés dans la chambre, elle l'avait jeté sur le lit, avait déboutonné son pantalon et fait jaillir son sexe. Puis il l'avait léchée, jusqu'au plus intime, pendant longtemps, jusqu'à ce que le bas de son corps ne soit plus que du beurre. Le matin, ils avaient encore fait l'amour avant de se livrer à des assouplissements. Ils avaient fait du shadow boxing à travers la chambre, Hannah frappant de ses poings dans ses paumes ouvertes, en poussant des petits cris. Elle avait un bon jeu de jambes, une boxe intelligente. Il lui apprenait à frapper de plus en plus fort, en puisant dans les cuisses, d'où vient la force.

Ils étaient arrivés à Biloxi vers midi, au bord de l'océan, au milieu d'une lumière d'incendie. Biloxi ressemblait à Marseille. Les rues du centre – un quadrilatère d'environ

200 mètres carrés – étaient noires de monde pour la parade d'un lycée. Des jeunes filles dansaient vêtues de survêtements de suède beige et de baskets argentées. Derrière elles, des gars en uniforme chamarré marquaient la cadence avec des grosses caisses et des cuivres. Ils s'étaient un temps mêlés à la foule avant de reprendre la voiture et de dépasser le centre-ville pour arriver vers la zone portuaire, à quelques centaines de mètres. Ils avançaient au milieu des grues, des baraquements, des parkings, des quais couverts d'une signalétique fluorescente. Les bateaux, au loin sous le soleil, brillaient comme des tas de pièces d'or. Hannah s'arrêta dans le parking d'un bar, face à l'embarcadère. Elle coupa le moteur. *We have to wait now.* Ils attendirent en fumant des American Spirit et en buvant de l'eau de coco qu'elle avait achetée par briques un peu avant Biloxi. Ils écoutaient la radio, se remplissaient des émotions que charriaient les chansons d'amour, de rap, et cette pop anglaise, légère comme de la dentelle, qu'il avait toujours aimée. À un moment, Hannah se plia en deux, en le regardant dans les yeux, la joue posée contre le volant. *I love you so much it hurts.* Au point d'inflexion de la lumière, au tout début de la nuit, elle sortit une flasque de whisky de sa poche intérieure et se mit à boire au goulot. Une chanson de Radiohead passa à la radio. *White gospel.*

162

Elle lui passa la bouteille, il but quelques gorgées et lui laissa le reste. Elle en avait plus besoin que lui. À un moment, il déboutonna son chemisier, fit sortir l'un de ses seins, blanc comme de la neige, et le respira longuement. Puis elle lui montra un point à l'horizon, un point qui en même temps qu'il grossissait accroissait son agitation : un bateau qui rentrait au port. Il se doutait que ce bateau avait à voir avec la mémoire qu'ils avaient labourée à deux. Il avait aussi hâte qu'elle du moment qui allait advenir. *I have been waiting for this instant for so long, you have no idea.* Il sentait l'ardeur de Hannah, et ses lèvres devenues sèches, et son haleine mêlée à la sienne, empestant l'alcool.

Le bateau était à quai. Des gars, dont certains portaient des casques de chantier, en débarquèrent, avec du matériel, des valises, des boîtes à outils. Des ouvriers, revenus d'une de ces plateformes d'exploitation au large du golfe du Mexique. Ils étaient six en tout. Hannah dévisageait chacun d'entre eux, les yeux plissés, la tête en avant, le menton posé contre le volant. Elle lui montra le deuxième homme. *It is him, I am sure, it is him.* Les six hommes passèrent devant leur voiture, puis s'engouffrèrent dans le bar.

Il avait vu leurs visages, l'allure de leurs corps, leurs avant-bras nus, brillants comme des morceaux de magnésium. Ils attendirent de nouveau, près d'une heure. Hannah était terriblement excitée. *Oh my God, oh my God*, avant de s'abîmer dans le silence pendant de longues secondes. Trois gars sortirent, mais ce n'était pas celui qu'elle recherchait, une demi-heure plus tard, un autre type sortit, cette fois c'était lui. Les réverbères étaient maintenant allumés et éclairaient le parking. Il passa devant eux pour aller à sa voiture, ouvrit son coffre et regarda dans leur direction, intrigué. Il était costaud, avait l'air saoul. Un Blanc coupé court, aux yeux mornes, un Cainri typique, gavé aux protéines et au drapeau. Le lampadaire éclairait crûment son visage mauvais comme la gale. Il avait vu tout de suite qu'il cherchait la bagarre. Il s'était mis à marcher vers eux, tendu, épaules en avant. Hannah s'était figée, toute blanche, il avait senti son corps ruer en arrière, contre son siège, ses doigts glisser sur le volant. *OMG, OMG, it is him, the guy who raped me.* Le gars criait maintenant comme un putois, en lançant ses bras en avant. *What's going on ? Are you spying on me ?* C'était lui, le violeur de Hannah. Alors, il sortit de la voiture, calme, comme avant un combat, glacé de colère. Sous la lumière blanche des lampadaires, de brefs coups furent échangés, pas plus de cinq. Il prit rapidement le dessus, le cueillit au menton. Le type s'affala comme une masse, la gueule en sang. Il allait lui briser les os quand il sentit Hannah retenir son bras. *Let's go, let's go, that's enough.* Ils partirent en trombe.

Le chemin du retour fut triomphal. *Oh my God, you would have killed him if I hadn't stopped you. His pathetic life was in your hands. He looked so miserable. That guy is nothing, nothing. He is already fucking dead.* De joie, elle tapait la paume de ses mains contre le volant, soufflait fort, visiblement soulagée. Il essayait de couvrir le spectre des émotions qui la traversaient sans y parvenir. Elle avait obtenu sa revanche dix années plus tard, et lui, renoué avec l'odeur écœurante du combat, os contre os. À une station-service dans le Tennessee, elle lui avait baisé les mains. Elle voulait se mettre à genoux et se prosterner devant lui, mais il l'avait relevée. Plus tard, bien plus tard, elle ferait la même chose pour lui, au Bourget, elle le défendrait contre un ennemi invincible.

Ils restèrent deux semaines de plus à Youngstown. Ils étaient arrivés au bout de l'expérience amoureuse. Un soir, alors qu'il revenait des ruines de l'aciérie, elle lui avait annoncé d'une voix calme qu'elle était enceinte. Ils s'étaient enlacés, les yeux brillants. Hannah voulait être près de sa mère, accoucher là où elle était née, à Charlotte. Ils remirent donc toutes leurs affaires dans la Honda Civic et partirent pour la côte Atlantique. Ils traversèrent des forêts, des banlieues, de grandes villes, emmitouflés de leur intimité comme d'une fourrure. Ils étaient une âme à deux corps, avec des mémoires si mêlées qu'ils ne savaient plus qui ils étaient. Parfois, c'était elle qui avait grandi au Bourget au milieu des Arabes, lui qui parlait anglais depuis l'enfance. Le visage de Parks, ennemi public numéro 1, était placardé sur des grandes affiches au-dessus des autoroutes. La récompense, abondée, s'élevait maintenant à un million de dollars.

Ils se marièrent à Charlotte devant une trentaine de proches de Hannah. Il n'avait aucun témoin, aucune famille, aucun ami. Personne d'autre que lui ne parlait sa langue. *As if you just landed on earth.* Sur les photos, elle a ce sourire américain, cette innocence solaire, lui est plus circonspect, plus ancien. Puis ils trouvèrent une maison le long de la route pour Charleston, un pavillon comme au Bourget, avec un jardin. Quand il sut que c'était une fille, il eut un léger mouvement de recul, puis fut heureux comme jamais.

L'opinion publique américaine se rallia progressivement aux thèses de la Horde d'or. Les données furent fouillées, les statistiques interrogées, jusqu'à ce que la vérité sorte de sa gangue de chiffres. Depuis une trentaine d'années, les États-Unis connaissaient une épidémie de cancers. C'était un fait patent, têtu, et désormais prouvé. Les cancers du sein et des ovaires chez la femme, du pancréas et de l'estomac chez l'homme étaient trois fois plus élevés qu'en Europe de l'Ouest au mode de vie similaire. Leur nombre avait été multiplié par quatre depuis la fin des années 1970. Le facteur classique de la tabagie ayant été écarté en raison d'une consommation de tabac déclinante sur la même période, des facteurs écologiques furent aussitôt suspectés. La Horde d'or remporta la bataille des hypothèses lorsque des experts de l'OMS publièrent une étude scientifique sur les cas de cancers aux États-Unis sur une période de dix ans. Cette étude montrait clairement que cette surmortalité était due, par ordre décroissant, à l'alimentation industrielle, aux OGM et à la contamination des nappes phréatiques par les gaz de schiste. Une phrase avait frappé les esprits : « Il semble que des industriels ont un intérêt direct dans cette épidémie de cancers. » Tout fut fait pour étouffer ces conclusions, l'un des scientifiques ayant d'ailleurs été retrouvé mort dans des circonstances mystérieuses, en vain. La Horde d'or et son chef, LeBron Parks, avaient la vérité pour eux. Dès lors, Parks devint une icône absolue, le général d'une contre-culture en marche et en guerre, une figure d'autant plus mythique qu'elle était insaisissable.

Entre la première vidéo de Parks et son arrestation, deux années s'écoulèrent. Deux années où Parks avait probablement trouvé refuge parmi les très nombreux sympathisants de la Horde. Deux années qu'ils passèrent à Charlotte avec leur bébé, à veiller sur leur amour et espérer un jour tomber nez à nez avec Parks, qu'ils admiraient comme une immense majorité. Son visage était affiché sur tous les écrans, les murs, dans les imaginaires de chacun, des ghettos aux dortoirs universitaires, de Los Angeles à Boston. Le symbole de la Horde, trois loups dans un cercle d'or, se répandit comme une traînée de poudre. Lors du Super Bowl, des joueurs déchirèrent devant les caméras leurs casquettes portant des logos de grandes marques alimentaires. Les mères, Hannah en tête, ne donnaient plus à leurs enfants que des aliments expurgés d'OGM. Les cours de Mosango, de Daft Foods, de Peps Cola connurent des chutes vertigineuses. Leurs patrons, sentant le vent tourner, s'étaient enfuis vers des cieux plus hospitaliers, le grand boss de Mosango dirigeant l'offensive contre la Horde d'or depuis les îles Caïmans. En vain, 90 % des Américains soutenaient désormais ouvertement LeBron Parks.

Les éléments biographiques du jeune Parks, dignes d'un grand roman américain, firent le tour du monde.

Une enfance en Louisiane, à Terre Haute. Un père *native american*, vétéran de la guerre d'Irak, une mère d'origine blanche et noire, ancienne prostituée avec tatoué dans le cou le nom de son proxénète. Pauvre, la famille Parks vivait dans un parc à caravanes, jouxtant la zone industrielle de Terre Haute. Son père, qui avait fréquemment des crises de paranoïa, dormait avec l'arme de service qu'il avait en Irak, un AK-47, sous le lit. Il faisait des cauchemars qui le réveillaient en pleine nuit. Des voisins l'avaient vu nu, au milieu des caravanes, trempé de sueur, son arme à la main. Sa mère, bipolaire, était en proie à des changements d'humeur d'une amplitude effrayante. Elle avait couché avec les trois quarts des hommes de Terre Haute. Le seul rayon de soleil dans la vie du jeune Parks avait été son petit frère Rasheem, son cadet de sept ans. LeBron le protégeait de son père et de sa mère. Il l'amenait à l'école puis lui faisait faire ses devoirs dans la bibliothèque municipale de Terre Haute, jouait avec lui au basket le week-end.

Rasheem mourut à l'âge de huit ans, d'une leucémie foudroyante, comme une dizaine d'autres enfants de Terre Haute. Les journaux avaient pointé une pollution de la nappe phréatique par une usine de fabrication de colorants alimentaires, sans apporter de preuves définitives. Ces tragédies furent vite oubliées, mais pas par Parks, dévasté par la perte de son frère. Deux mois après son enterrement, il portait encore dans les rues de Terre Haute le portrait de Rasheem pris lors de sa première communion. Un jour, à seize ans, il fit ses bagages et partit s'installer dans le Dakota du Sud, dans la réserve indienne d'où son père était originaire. À partir de là, la trace de Parks s'était perdue jusqu'à son apparition dans cette vidéo de la Horde d'or, quelque dix ans plus tard. Trois complices furent identifiés, deux filles, Kendra Adams et Tariqah Malone, et un type, nommé Joshua Ramirez. Ils étaient restés si longtemps introuvables que leur existence avait fini par être mise en doute. La police, le FBI et la CIA avaient cru les tenir. Un jour ils avaient encerclé une bâtisse au milieu de nulle part dans le Montana, dans laquelle la Horde d'or était censée se cacher. Ils avaient donné l'assaut devant les caméras de télévision, avec les cinq secondes de décalage qui permettent aux chaînes d'éliminer les images trop brutales. Ils n'avaient rien trouvé d'autre que des mannequins positionnés derrière des fenêtres, avec des branches en bois en guise de fusils. La Horde était déjà loin. Hannah, comme tout le pays, avait jubilé.

8

Depuis ce café de Gennevilliers, il voit sur son téléphone l'arrestation de LeBron Parks. Le décor lui est familier, le visage fermé des policiers, la forme de leurs mâchoires, le bruit des sirènes, si différent en Europe. Parks marche tête haute au milieu d'une nuée de caméras, derrière lui une maison est en train de brûler. Une vue d'hélicoptère montre un grand espace vide autour de l'incendie, comme un cratère. Des arbres sont couchés. Parks a été arrêté dans le Michigan, pas loin de la frontière avec le Canada. Trois membres de la Horde d'or ont été tués dans l'assaut. La police américaine a recraché l'os qu'elle avait dans la gorge depuis plus de trois ans.

Il y a un voile de tristesse sur les visages autour, comme à la fin de toute épopée, juste avant que les choses reprennent leur cours. Parks est calme, ses yeux brillent, sa peau est comme de l'or. L'un des plus beaux êtres humains que la terre ait portés. Il est vêtu d'un sweat-shirt gris clair à cagoule et d'un pantalon à pinces noir. Il regarde les caméras de télévision autant qu'elles le filment et son regard se répand partout, jusqu'ici, à Gennevilliers.

Hannah doit être devant ces mêmes images à Charlotte, la main devant la bouche. Leur amour avait grandi sous le règne de LeBron Parks. *A bigger than life figure.* Leur enfant était née lors de ces temps héroïques, de ce grand combat pour la vie qui avait fait passer des frissons sur l'échine de chaque Américain. Un agent du FBI fait disparaître la tête de Parks dans un SUV noir. Au moment de s'y engouffrer, il sourit bizarrement. Les caméras suivent la voiture en train de longer les restes calcinés de la maison, puis de s'enfoncer dans une forêt dense au bord du lac Érié avant de disparaître. Ils vont le tuer évidemment, le moyen le plus sûr de décapiter la Horde d'or. La page Internet de son téléphone se rafraîchit. Un chantier d'extraction de gaz de schiste vient d'être incendié en Pennsylvanie.

Rachida Meziane, qui serre la petite main de Redouane dans sa main droite, marche devant un petit cortège, où l'on reconnaît son mari Kader, Pascal Champo, Manuel

Flam, des fidèles de la première heure, ainsi que plusieurs personnalités, parmi lesquelles Maboula. Elle a l'air heureuse. Le soir est en train de tomber, apportant une douceur exquise. Il a le souffle coupé, comme les clients du bar, comme les centaines de milliers de personnes massées sur l'esplanade de la basilique de Saint-Denis. Il peut sentir la respiration de chacun devant la majesté exaucée du moment. Un pays est en train de changer et la tristesse française de s'envoler comme un voile.

Un très jeune homme vient d'entrer dans le bar. Il doit avoir dix-huit ans. Il porte un polo blanc, un pantalon à pinces sombre trop court, des mocassins noirs fraîchement cirés. Sur ses chaussettes blanches, il y a le motif de deux petites raquettes de tennis entrecroisées. Il est grand, découplé, il a des épaules larges. Il regarde à droite, à gauche, à l'intérieur du café. Il fouille chaque visage, s'attarde un instant sur l'écran de télévision. C'est lui, ce ne peut être que lui. Leurs regards se croisent. Il se lève. Meziane est maintenant sur la tribune au milieu de la foule, dans un silence qui semble avoir gagné le pays. Elle va parler. Ils doivent chuchoter.

– Issa ?

Ils s'étreignent. Il sent la poitrine de son fils contre lui, la densité de son corps. Sa gorge est nouée. Puis il

173

le regarde longuement. Le visage d'Issa est si pur qu'il semble avoir trempé dans un bain de lait. Ses mains sont larges, ses bras déjà veinés. Il est ethniquement ambigu. En Caroline du Nord, on le prendrait pour un Mexicain. Il a ses yeux à lui, tombants, un peu tristes, une peau blanche, les cheveux ras, noirs. Son port de tête est celui de Sabrina, un port d'Arabe, droit, renversé en arrière, comme sous l'empire du dégoût.

– Oh là là… je suis trop ému… trop ému…

Il parle avec un léger accent du bled, de Constantine. Il a posé ses mains à plat sur la table. À l'annulaire droit, il porte une bague sertie d'une pierre noire. Issa le dévore des yeux, accumule des détails.

– Je sais pas quoi dire, trop ému, mon papa de la France enfin devant moi, j'avais un trou toutes ces années, un trou juste là…

Il lui montre la place de son cœur, en souriant. Sa voix est douce. Il n'a pas encore mué.

– Merci d'être venu, je me suis tellement langui.

– Comment as-tu retrouvé ma trace ? Par ta maman ?

– Oui et non. Jamais ma mère me parlait de toi. Elle a un mari, Azzedine, mon père, c'est lui qui m'a élevé. Elle voulait rien dire sur toi, *walou*.

– Qu'est-ce qui s'est passé ?

– C'est toi qui m'as retrouvé en fait, un été. J'étais à la maison avec ma mère, à Constantine. Azzedine était au travail, il est conducteur de bus. On regardait les Jeux olympiques, le tournoi de boxe, la finale des poids welters...

Il sent son souffle qui se fige.

– La première fois que je t'ai vu, c'est sur un écran plat Samsung. Champion olympique de boxe, waouh... Si t'avais pas fait le fou, maman m'aurait rien dit. Je ne l'avais jamais vue comme ça, jamais, *meskin*, elle était tellement fière. Elle aussi, elle était vénère contre la France, en plus, la boxe lui manquait. D'un coup, c'était trop pour elle. Elle n'arrêtait pas de dire des phrases, très vite, en français, comme une folle...

Il se voit mourir avec ce qu'il a fait. Il voit déjà la minuscule notice nécrologique dans les journaux, un instant de leur page Internet, avant d'être rafraîchie. « Le boxeur qui avait humilié la France est mort dans le sud des États-Unis. » *French boxer who fought France as much as it fought him dies in North Carolina.* Ou peut-être pas, dans quelques années, il est probable qu'il ne restera rien sur rien ni personne.

Ce combat est encore dans ses bras. Les trois rounds, le nombre de jabs du gauche, de crochets droits, d'uppercuts.

Les coups de son adversaire aussi. Aujourd'hui encore, il pourrait dessiner la forme de ses côtes, l'allonge de ses bras, en fermant les yeux. Cordoba était un super-welter hors norme, très grand, maigre, une corde qui dansait de l'autre côté du ring. Un Panaméen, sorti du ghetto, de rues probablement moites, d'un pays qu'il n'avait jamais vu, pour le fracasser, lui, l'enfant du pays le plus triste du monde. Les combats sont des combats d'alliances de pays, de systèmes de pensée, de religions. Il avait pour lui la France, l'Afrique, le croissant, lui, l'Amérique latine, la croix, la misère. La peau du visage de Cordoba était tirée par les nerfs, ses cheveux courts et bouclés.

Avant, il avait gagné ses quatre matches comme dans un rêve, porté par une colère froide. Personne ne l'attendait en finale du tournoi olympique de boxe. Il s'était qualifié d'extrême justesse pour les JO de Moscou lors du championnat d'Europe de Budapest. Aucun média ne s'était intéressé à lui avant les quarts de finale et son combat contre Tarasev, boxeur ukrainien médaillé de bronze aux derniers JO. Il avait gagné grâce à un arrêt de l'arbitre au second round, à la surprise générale.

En demi-finale, il avait affronté un Anglais accrocheur, avec des arcades sourcilières grosses comme des pommes. Il mettait des coups en dessous de la ceinture, était très dangereux dans les petits périmètres. Au sortir des cordes, il avait réalisé l'enchaînement parfait, avec une netteté et une puissance dont il ne se sentait pas capable. L'Anglais s'était écroulé. Mais rien n'était normal. Dans le village olympique, il traînait seul, à l'écart de l'équipe de France et des journalistes. Il lisait la Bible, le Coran, différents textes sur le deuil. Il allait écouter des messes orthodoxes dans une église en bois d'un quartier reculé de Moscou. Chaque jour, il déposait un cierge en mémoire de sa mère.

Avant son combat face à Cordoba, en finale du tournoi olympique, les journalistes français ne l'avaient pas lâché. Il était le dernier représentant français en lice, l'ultime chance de médaille, comme ils disent. Il les avait esquivés. Il détestait ce patriotisme médiatique, ces officiels français qui débarquaient dans les vestiaires en costard. Le ministre des Sports avait sauté dans la piscine olympique pour féliciter un nageur médaillé sur le 200 mètres papillon.

Il ne se battait pour personne, parce qu'il n'avait plus personne. Il ne ressentait aucune émotion. Il avait traversé cette semaine de tournoi olympique comme un fil traverse du beurre. Yassine était arrivé le jour de la finale. Il était dans la salle, ils ne se lâchaient pas des yeux. Yassine était fier. « C'est mon frère », disait-il en français, à qui voulait l'entendre. Contre Cordoba, il avait la couleur bleue, casque, gant, chasuble bleus. Lors de la présentation du combat, il avait senti le merveilleux agencement de son corps, les membres qui s'emboîtaient les uns dans les autres, le granit coulé dans ses cuisses.

Ils s'étaient plantés, l'un en face de l'autre. Cordoba le dépassait d'une bonne tête. Il avait dû relever la sienne, à presque 90 degrés, pour trouver son regard. Il n'avait pas eu peur une seconde. Il allait gagner parce que sa mère venait de mourir. Le premier round commença. Cordoba était un masque, une arête de nez, des yeux vifs, une peau luisante. Sa garde était naturellement basse, il procédait par uppercuts et jabs du droit. Son jeu était de le fatiguer avec des coups descendus d'en haut. Au début du deuxième round, il avait été touché. Ses yeux s'étaient brouillés, le décor zébré. Dans les cordes, alors qu'il était agrippé à Cordoba, il avait repensé à ses matches imaginaires qu'il livrait enfant sur son lit, lorsqu'il tombait, qu'il était sur le point d'abandonner et qu'il se relevait pour vaincre.

Le combat avait été terrible au troisième round. Les bras de Cordoba étaient des lames qui plongeaient dans son corps. Il était fatigué. Cordoba menait aux poings, mais lui aussi était touché. Ses crochets au foie commençaient à détruire Cordoba et il sentait son souffle plus court sur sa nuque. Un moment viendrait, qui durerait moins d'une seconde, où il verrait l'ouverture, et là, il casserait le corps de Cordoba comme une branche.

Au milieu du round, il avait été touché à la tempe. Il était tombé de tout son long. Par terre, il était passé des hurlements, des cris de l'arbitre, du bruit des gants au silence absolu. Il avait été compté. Il voyait le plafond, le réseau de fils électriques et des projecteurs, la bannière olympique. Des souvenirs du Bourget lui avaient traversé l'esprit comme des oiseaux. Il s'était relevé. L'arbitre l'avait regardé dans les yeux, en lui tenant les gants. Il était lucide.

Il restait quarante-cinq secondes. La foule avait rugi quand il avait repris le combat. Les deux boxeurs étaient devenus des bêtes mesurant leur instinct de survie. Ils avaient abandonné leur garde, multipliaient les crochets larges, s'exposaient. À dix secondes, l'ouverture était venue, là, le menton, nu. Il avait assené une droite avec toute la force qui lui restait. Cordoba avait tourné sur lui-même, avant de s'écrouler, les yeux blancs. Il avait gagné. Mais il n'avait pas eu la force de lever les bras au ciel. Son torse était étoilé de sang et son arcade droite éclatée.

Puis il y avait eu la remise des médailles, deux heures plus tard, en direct sur France Télévisions. Il était le premier Français à gagner une médaille d'or depuis Brahim Asloum aux Jeux de Sydney. Le ministre des Sports était venu le voir et l'avait pris dans ses bras comme s'ils se connaissaient, en regardant les caméras. Sa main était molle, les auréoles autour de ses aisselles grandes comme des pizzas. C'était un ancien sportif, un judoka, qui faisait craquer les coutures de son costume anthracite. Il avait tenté de l'esquiver dans le labyrinthe des vestiaires, en vain. Puis, à un moment, les officiels russes étaient venus le chercher. Il était passé à travers une haie d'honneur de femmes nues. Cordoba et lui étaient tombés dans les bras l'un de l'autre.

Les trois drapeaux français, vénézuélien et américain étaient accrochés au-dessus du podium. Il était monté en dernier sur la plus haute marche, avait salué la foule de ses poings bandés. Il était en survêtement de l'équipe nationale, avec FRANCE marqué au dos. Il avait cherché le regard de Yassine, l'avait trouvé. Ses gestes de blédard, son sourire large comme la Seine. Ils ne se lâchaient pas, eux, les enfants du Bourget. Il avait voulu penser à ses parents avant de buter sur leur absence. Cordoba et l'Américain avaient pris place sur le podium. *La Marseillaise* avait retenti comme un coup de chevrotine. Il n'avait plus personne que Yassine, son frère. Il avait repensé à leurs silhouettes inquiètes d'adolescents qui arpentaient le 93, il y a si longtemps, combien ils s'étaient préparés à un rendez-vous amoureux avec la France. Mais il n'y avait pas eu d'amour, ils étaient arrivés au milieu d'une guerre de quarante ans, qui continuait. Alors, vers la fin de l'hymne, au moment du sang impur, il avait baissé la tête et levé le poing. John Carlos, French remix, nique tout.

– Je fais un peu de boxe, moi aussi... Poids welter. Je kifferais de boxer pour la France, dans des grandes compétitions internationales, pourquoi pas un jour, *inch'Allah*...

– C'est bien, Constantine ?

– C'est mort... Il n'y a rien à faire pour les jeunes... Mais c'est beau, il y a la mer pas loin, le soleil.

– Tu venais jamais en France ? Ta mère avait pourtant de la famille ici...

– Jamais. Elle avait tiré un trait sur la France, *khalas*. Elle a halluciné pour Meziane, tout le monde d'ailleurs au bled. Une Arabe présidente de la France... En Algérie, les gens ne parlent que de ça, ils sont fiers. La France, c'est redevenu très bon...

– Ta mère sait que tu es là ?

– Oui, elle m'a donné l'argent pour le bateau. J'ai

un oncle à Marseille. Elle serait venue, mais Azzedine voulait pas.

– Parle-moi de ta maman. Comment va-t-elle ?

– Elle est à fond dans la religion. Elle a fait le petit *hadj* l'année dernière. Elle est un peu plus tranquille maintenant. Azzedine ne parle pas beaucoup, mais c'est un homme bon. Des fois, je sens que ma mère est triste, *meskin*. Un grand morceau de sa vie est resté en France. Après les JO, elle s'est mise à parler, parler, comme si un petit barrage avait cédé. Elle m'a tout raconté. Je lui en veux pas. Elle a pas eu le choix. Quand elle a appris qu'elle était enceinte, sans être mariée, avec un Français en plus, ses parents l'ont rapatriée en Algérie, direct, pour éviter la *hchouma*. C'était des immigrés à l'ancienne, ils étaient conservateurs, c'est normal. Mais ça aussi, ça change. Quand elle parle de toi, je sens qu'elle t'aime beaucoup.

– Tu es ce pont entre elle et moi maintenant.

– Bah… je suis trop heureux… Papa, j'ai un cadeau pour toi.

Et puis, faisant taire le tonnerre d'applaudissements, la voix de Meziane se fait entendre. Partie de sa poitrine, relayée par les télévisions, elle plane au-dessus des villes, au-dessus du patron kabyle, de son fils, de tous les Français. Une voix à leur hauteur, d'égale à égaux, une voix amie.

L'heure de nous-mêmes est arrivée, mes amis, l'heure de nous-mêmes est arrivée...

Il n'arrive pas à détacher ses yeux du visage de son fils. Un morceau vivant de lui-même, comme sa fille qui dort à poings fermés dans une chambre tiède, là-bas, en Caroline du Nord. Et puis il est frappé par sa ressemblance avec sa propre mère, quelque chose dans les yeux, certaines expressions.

La France ne nous aimait pas comme si nous n'étions pas sa chair, comme si nous n'étions pas ce qu'elle voulait que nous soyons. Mais ça veut dire que la France ne s'aimait pas alors...

Issa lui rend son regard. Il sent son cœur qui se dilate et occupe tout le volume de leur poitrine. Ils pleureraient s'il n'y avait encore cette idée d'être des hommes.

Mais nous sommes la France, mes amis, notre exil est terminé, nous revenons dans la famille...

Issa sort un appareil photo numérique. Il se met à chuchoter.

– Depuis que j'ai onze ans, je prends des photos, je n'ai pas arrêté. Azzedine m'a offert cet appareil pour mon anniversaire, un appareil japonais, il marche trop bien. C'est la plus belle chose que j'aie. Il ne me quitte jamais. Plein de fois j'ai failli le perdre, le casser. On a voulu me le voler à Oran. Des narvalos, comme quoi c'était *haram* de prendre des photos... Pendant cinq ans, je l'ai toujours eu avec moi, maintenant il est à toi.

Nous allons construire un pays qui nous ressemble... un pays qui ne blesse personne... Cette haine, cette cascade de mépris, ce n'était pas nous...

– Y a deux mille photos, des photos de moi, de maman, d'Azzedine, de Constantine, de l'Algérie, c'est beau l'Algérie, je veux que tu voies où j'ai grandi. C'est important.

Il esquisse un geste de refus.

– Si, si. Il est à toi. J'ai pris ces photos pour toi. Chaque fois que j'en prenais une, je pensais à toi. Après, je rêvais de te les envoyer et que tu me répondais.

En démocratie ce sont les minorités qui doivent gouverner parce que ce sont elles qui sont par définition menacées, mais nous n'oublierons pas la majorité, nous nous pencherons sur les maux de la majorité, avec amour...

Il fait défiler les photos de son doigt, en sens inverse. Elles sont saturées de lumière méditerranéenne, la plus belle au monde, la lumière reine. Issa est sur beaucoup d'entre elles, tour à tour rieur, sage, poseur, sur la plage, devant les rayons d'un magasin, dans sa chambre décorée de posters de joueurs de football, avec des camarades, des filles. Il a l'air heureux, même si sur certaines photos une nette mélancolie sourd de ses yeux. Il y a beaucoup de photos de Sabrina, notamment une série prise au café avec Issa et Azzedine, avec la mer en fond, au milieu d'autres familles algériennes. La scène est en plein air. Des lampions sont suspendus au-dessus de leurs têtes. Il peut sentir les odeurs de poisson grillé et de la mer. Sur l'une d'entre elles, un homme est penché sur un verre de thé, une cigarette à la main, coupé aux jambes. C'est Azzedine qui regarde au loin. Sabrina et Issa se regardent, presque amoureusement. Ils ont le même sourire un peu doux, réprimé. Elle porte un foulard bleu, qui laisse voir la racine de ses cheveux. Elle est belle. Elle a vieilli mais la structure du visage a tenu, ses traits sont juste moins tranchants. Elle a donc fait comme lui, au long de toutes ces années, elle a continué à vivre.

– Je t'enverrai les légendes des photos par e-mail. Je les ai dans mon PC. Je me sens mieux maintenant, libéré. Il est temps pour moi de faire autre chose que prendre des photos.

Aujourd'hui, nous n'avons pas conquis le pouvoir, nous l'avons rendu, il est un feu au milieu de nous...

Le vieux Kabyle se sèche le visage avec les coins d'un mouchoir à carreaux. Les yeux des deux jeunes

Tchétchènes sont rouges mais pleins de confiance. Issa regarde son père fixement comme s'il regardait une montagne. Ils ne savent plus trop quoi faire, maintenant qu'ils ont autant parlé. Entre eux commence une très légère gêne.

Rendons hommage à celles et ceux qui ont perdu la vie dans le combat, celles et ceux qui m'ont nourrie, d'abord lui, l'enfant du 93, le plus grand artiste français, Yassine Inoubli...

Il n'entend pas l'énorme clameur qui accueille le nom du frère. Le murmure de son cœur, retourné dans sa poitrine, l'a recouverte. Des larmes lui viennent. Le passé danse une dernière fois devant lui avant de le regagner. Son regard quitte les yeux de son fils, pour s'élever dans la nuit. Il reste invaincu.

RÉALISATION : NORD COMPO MULTIMÉDIA À VILLENEUVE-D'ASCQ
IMPRESSION : CPI FIRMIN-DIDOT AU MESNIL-SUR-L'ESTRÉE
DÉPÔT LÉGAL : MARS 2014. N° 115404 (121502)
Imprimé en France